Prières pour celles
qui furent volées

Jennifer CLEMENT

Prières pour celles qui furent volées

Traduit de l'anglais (États-Unis) par Patricia Reznikov

Flammarion

Titre original : *Prayers for the Stolen*
Éditeur original : Hogarth,
an imprint of the Crown Publishing Group,
a division of Random House LLC,
a Penguin Random House Group company.

ISBN : 978-2-0813-1427-6

Pour Richard et Sylvia

Première partie

1

— Maintenant, on va te faire laide, a dit ma mère.

Elle a siffloté. Sa bouche était si près de moi qu'elle a envoyé des postillons sur mon cou. Elle sentait la bière. Dans le miroir je l'ai regardée frotter le morceau de charbon sur mon visage.

— La vie est une vacherie, a-t-elle chuchoté.

C'est mon premier souvenir. Elle a tenu un vieux miroir tout craquelé devant ma figure. Je devais avoir à peu près cinq ans. À cause de la fêlure, on aurait dit que mon visage était cassé en deux morceaux. L'idéal, pour une fille, au Mexique, c'est d'être laide.

Je m'appelle Ladydi Garcia Martinez et j'ai la peau mate, les yeux marron, des cheveux bruns et frisottés, et je ressemble à tous ceux que je connais. Lorsque j'étais enfant, ma mère m'habillait en garçon et m'appelait Gamin.

— J'ai dit à tout le monde qu'un garçon était né, avait-elle dit.

En tant que fille, j'aurais été volée. Si les trafiquants de drogues apprenaient qu'il y avait une jolie fille dans le coin, ils arrivaient sur nos terres dans leurs 4 × 4 noirs et emportaient la gamine.

À la télévision je regardais des filles se faire belles, peigner leurs cheveux et les tresser avec des rubans roses, ou se maquiller. Mais ça, ça n'arrivait jamais chez moi.

— Peut-être que je devrais te casser les dents, a dit ma mère.

En grandissant, j'ai pris l'habitude de frotter un feutre jaune ou noir sur l'émail blanc de mes dents pour qu'elles aient l'air pourries.

— Il n'y a rien de plus dégoûtant qu'une vilaine bouche, disait ma mère.

C'est la mère de Paula qui avait eu l'idée de creuser les trous. Elle vivait en face de nous et elle avait sa propre petite maison et son champ de papayers.

Ma mère disait que l'État du Guerrero devenait une vraie garenne à lapins, avec des filles cachées dans tous les coins.

Dès que quelqu'un entendait le bruit d'un 4 × 4 ou apercevait un point noir dans le lointain, voire deux ou trois, toutes les filles couraient se cacher dans les trous.

On était dans l'État du Guerrero. Une terre brûlante de caoutchoucs, de serpents, d'iguanes et de scorpions, les blonds et translucides, difficiles à voir et qui tuent. Le Guerrero renfermait plus d'araignées que n'importe quel endroit au monde, ça on en était sûr, et des fourmis aussi. Des fourmis rouges qui vous faisaient enfler les bras, tellement qu'on aurait dit des jambes.

— Ici nous sommes fiers d'être les gens les plus en colère et les plus méchants du monde entier, disait ma mère.

Lorsque je suis née, ma mère a annoncé aux voisins et aux gens du marché qu'un garçon venait de naître.

— Dieu merci, c'est un garçon ! a dit ma mère.

Oui, merci à Dieu et à la Vierge Marie ont-ils tous répondu, bien que personne n'ait été dupe. Dans nos montagnes il ne naissait que des garçons et certains d'entre eux se métamorphosaient brusquement en filles vers l'âge de onze ans. Ils se transformaient alors en fillettes laides qui devaient parfois se cacher dans des trous dans la terre.

Nous étions comme des lapins qui se terrent lorsqu'un chien errant et affamé arrive dans un champ, un chien à la gueule ouverte, qui a déjà le goût de leur fourrure sur la langue. Un lapin, ça frappe le sol avec sa patte arrière, et cet avertissement voyage à travers la terre et prévient les autres lapins dans la garenne. Dans notre secteur, il nous était impossible d'envoyer un signal d'alarme, car nous vivions tous éparpillés et trop loin les uns des autres. Alors nous étions toujours sur le qui-vive et apprenions à sentir les choses de très loin. Ma mère penchait la tête, fermait les yeux, et essayait d'entendre le bruit d'un moteur, ou les sons que font les oiseaux et les petits animaux lorsqu'une voiture approche et les dérange.

Personne n'était jamais revenu. Aucune des filles qui avaient été volées n'était revenue ou n'avait envoyé de lettre, disait ma mère, même pas une lettre. Aucune des filles, sauf Paula. Elle, elle était réapparue un an après avoir été enlevée.

Sa mère nous avait raconté encore et encore comment elle avait été prise. Et puis un jour, Paula était revenue chez elle, à pied. Elle portait sept boucles d'oreilles qui montaient le long du pavillon de son oreille gauche en une ligne droite de clous bleus, jaunes et verts, et les mots *La Chérie de Cannibale* tatoués autour de son poignet tel un serpent.

Paula avait descendu la route à pied et avait remonté la piste de terre jusque chez elle. Elle marchait lentement, le regard baissé, comme si elle suivait un chemin de cailloux jusqu'à sa maison.

— Non, avait dit ma mère. Cette gamine ne suivait pas de cailloux, elle reniflait son chemin jusqu'à sa mère, elle le sentait.

Paula était allée dans sa chambre et s'était allongée sur son lit encore couvert d'animaux en peluche. Elle n'avait jamais rien raconté de ce qui lui était arrivé. Ce que nous savions, c'est que sa mère lui donnait du lait dans un biberon. Elle la prenait sur ses genoux, réellement, et la nourrissait au biberon. Paula avait quinze ans, puisque moi j'en avais quatorze. Sa mère lui avait acheté aussi de la nourriture pour bébé de la marque Gerber et lui donnait la becquée avec une petite cuillère en plastique qu'elle avait eue avec un café acheté à la supérette OXXO, à la station-service de l'autre côté de la route.

— Tu as vu ça ? Tu as vu le tatouage de Paula ? a dit ma mère.

— Oui, pourquoi ?

— Tu sais ce que ça veut dire, non ? Elle leur appartient. Jésus, fils de Marie et fils de Dieu, et tous les anges du ciel, protégez-nous.

Non, je ne savais pas ce que cela voulait dire. Ma mère refusait de m'en dire plus, mais j'ai compris plus tard. Je me posais des questions. Comment quelqu'un pouvait-il bien se faire enlever dans une petite baraque dans la montagne par un trafiquant de drogues à la tête rasée, portant une mitraillette dans une main et une grenade dans sa poche arrière, et se retrouver vendu comme un paquet de steak haché ?

J'avais essayé d'apercevoir Paula. Je voulais lui parler. Elle ne quittait plus jamais sa maison, à présent, mais nous avions toujours été les meilleures amies, avec Maria et Estefani. J'avais envie de la faire rire et qu'elle se souvienne comment nous nous rendions à l'église le dimanche habillées en garçons, et que mon nom était Gamin et le sien Paulo. Je voulais qu'elle se rappelle les fois où nous feuilletions ensemble les magazines de séries télévisées parce qu'elle adorait regarder les beaux vêtements que portaient les stars. J'avais aussi envie de savoir ce qui lui était arrivé.

Ce que tout le monde savait, c'est qu'elle avait toujours été la plus jolie fille de ce coin du Guerrero. Les gens disaient que Paula était encore plus belle que les filles d'Acapulco, ce qui était un sacré compliment, car tout ce qui était glamour et intéressant venait forcément d'Acapulco. Alors, tout le monde était au courant.

La mère de Paula l'habillait avec des robes rembourrées de chiffons pour qu'elle ait l'air grosse, mais tous savaient qu'à moins d'une heure du port d'Acapulco se trouvait une fille qui vivait sur un petit lopin de terre avec sa mère et trois poules, et qui était plus belle que Jennifer Lopez. Ce n'était qu'une question de temps. Même si c'était la mère de Paula qui avait eu l'idée de dire aux gamines de se cacher dans des trous dans la terre, ce que nous faisions toutes, elle n'avait pas été en mesure de sauver sa propre fille.

Une année avant que Paula ne soit volée, il y avait eu un avertissement.

C'était arrivé tôt le matin. Concha, la mère de Paula, était en train de donner de vieilles tortillas à ses trois poules lorsqu'elle avait entendu le bruit d'un moteur sur la route. Paula dormait encore profondément. Elle était couchée dans son lit avec son visage propre et ses cheveux tressés en une longue natte noire qui, pendant la nuit, s'était enroulée autour de son cou.

Elle portait un vieux tee-shirt qui lui descendait sous les genoux. Il était en coton blanc avec sur le devant les mots *Pain Wonder* en lettres bleu foncé. Elle portait aussi une culotte rose, ce qui, comme ma mère disait toujours, était pire que d'être nue !

Paula dormait profondément lorsque le narco avait débarqué dans la maison.

Concha avait raconté qu'elle était en train de nourrir ses poules, ces trois bonnes à rien de poules qui n'avaient jamais pondu un œuf de toute leur vie, lorsqu'elle avait vu la BMW beige qui remontait la piste en terre. Un instant, elle avait cru que c'était un taureau ou un animal échappé du zoo d'Acapulco, tellement elle ne s'attendait pas à voir une voiture de ville beige venir dans sa direction.

Quand elle imaginait la venue des narcos, elle se représentait toujours les 4 × 4 noirs avec leurs vitres teintées, qui étaient illégales, mais tout le monde en faisait poser pour que les flics ne puissent pas voir à l'intérieur. Ces Cadillac Escalade noires à quatre portes et aux vitres sombres remplies de narcos et de mitraillettes étaient comme le cheval de Troie, disait ma mère.

Comment avait-elle bien pu entendre parler de Troie ? Comment une femme mexicaine vivant seule avec sa fille dans la campagne du Guerrero, à moins d'une heure d'Acapulco en voiture mais à quatre heures à dos de mulet, pouvait-elle savoir quelque chose sur Troie ? Très simple. La seule chose que mon père lui avait rapportée lorsqu'il était revenu des États-Unis était une antenne parabolique. Ma mère était devenue accro aux documentaires historiques et aux talk-shows d'Oprah Winfrey. Chez moi, il y avait un autel dédié à Oprah à côté de celui qu'elle réservait à la Vierge de Guadalupe. Ma mère, d'ailleurs, ne l'appelait pas Oprah. Elle l'appelait Opéra. Et c'était Opéra par-ci et Opéra par-là.

En plus des documentaires et d'Oprah, nous avions dû regarder *La Mélodie du bonheur* au moins une centaine de fois. Ma mère était en permanence à l'affût, au cas où le film serait programmé sur une chaîne cinéma.

Chaque fois que Concha nous racontait ce qui était arrivé à Paula, l'histoire était différente. Si bien que nous n'avons jamais su la vérité.

Le trafiquant qui était venu chez elle avant qu'elle ne soit volée n'était là que pour se faire une idée. Il venait voir si les rumeurs disaient vrai. Et il avait vu qu'elles disaient vrai.

Ce fut différent quand Paula fut enlevée.

Sur nos montagnes il n'y avait pas d'hommes. C'était comme vivre dans un endroit sans arbres.

— C'est comme n'avoir qu'un bras, disait ma mère. Non, non, non, se corrigeait-elle. Vivre dans un endroit sans hommes, c'est comme dormir sans faire de rêves.

Nos hommes traversaient la rivière jusqu'aux États-Unis. Ils trempaient leurs pieds dans l'eau, puis entraient dedans jusqu'à la taille, mais ils étaient morts lorsqu'ils arrivaient de l'autre côté. Dans cette rivière, ils se défaisaient de leur femme et de leurs enfants et entraient dans le grand cimetière américain. Elle avait raison. Par la suite, ils envoyaient de l'argent, ils revenaient une fois ou deux et puis terminé. Alors, sur notre terre, nous étions quelques poignées de femmes qui travaillaient et qui tentaient de s'élever toutes seules. Les seuls hommes de la région vivaient dans des 4 × 4, se déplaçaient à moto et surgissaient brusquement de nulle part avec un AK-47 à l'épaule, un sachet de cocaïne dans la poche arrière de leur jean et un paquet de Marlboro rouges dans la poche poitrine de leur chemise. Ils portaient des Ray-Ban et il fallait faire bien attention de ne jamais les regarder dans les yeux, de ne jamais croiser leurs petites pupilles noires qui étaient la voie toute tracée vers leur cerveau.

Un jour, aux informations, nous avons entendu que trente-cinq fermiers s'étaient fait enlever. Ils cueillaient le maïs dans les champs lorsque des hommes étaient arrivés avec trois grands camions. Ils les avaient tous pris. Les kidnappeurs avaient pointé leurs fusils sur les fermiers et leur avaient dit de monter dans les camions. Les paysans s'étaient retrouvés debout les uns contre les autres, pressés comme du bétail. Puis ils étaient revenus chez eux au bout de deux ou trois semaines. On les avait prévenus que s'ils parlaient de ce qui s'était passé, on les tuerait. Tout le monde savait qu'ils avaient été enlevés pour travailler comme journaliers et faire la récolte de marijuana.

Si on gardait le silence à propos de quelque chose, alors c'était comme si ça n'était jamais arrivé. Mais quelqu'un en parlerait un jour dans une chanson, ça c'était sûr. Tout ce qu'on n'était pas censé savoir, dont on n'était pas censé parler, se retrouvait dans une chanson, un jour ou l'autre.

— L'idiot qui va écrire une chanson sur ces fermiers kidnappés va se faire descendre, a dit ma mère.

Les week-ends, ma mère et moi allions à Acapulco où elle travaillait comme femme de ménage pour une riche famille de Mexico. La famille se rendait dans sa résidence secondaire deux ou trois week-ends par mois. Pendant des années, elle était venue en voiture, mais dernièrement elle avait acheté un hélicoptère. Il avait fallu plusieurs mois pour faire construire une hélisurface sur la propriété. Tout d'abord, ils avaient dû combler la piscine avec de la terre, la recouvrir et la déplacer de quelques mètres. Ils avaient dû aussi pousser les courts de tennis afin que la plateforme d'atterrissage soit le plus loin possible de la maison.

Mon père aussi avait travaillé à Acapulco. Avant de partir pour les États-Unis, il était serveur dans un hôtel. Au début, il est revenu plusieurs fois pour nous rendre visite, mais ensuite il n'est plus jamais revenu. Quand ça a été la dernière fois, ma mère a deviné.

— C'est la dernière fois, a-t-elle dit.

— Qu'est-ce que tu veux dire, Mama ?

— Regarde-le bien. Bois-le tout ton saoul, parce que c'est la dernière fois que tu vois ton papa. Garanti. Garanti.

Elle aimait beaucoup utiliser ce mot.

Lorsque je lui ai demandé comment elle savait qu'il ne reviendrait plus, elle a dit :

— Attends un peu, Ladydi, attends un peu et tu verras que j'ai raison.

— Mais comment est-ce que tu le sais ? ai-je demandé encore.

— Voyons voir si tu devines, a-t-elle répondu.

C'était comme un test. Ma mère aimait faire passer des tests aux gens. Trouver la raison pour laquelle mon père n'allait pas revenir en était un.

J'ai commencé à l'observer. J'ai regardé comment il faisait les choses dans notre petite maison et notre petit jardin. Je le suivais comme s'il était un étranger capable de voler quelque chose si je le lâchais des yeux.

Une nuit, j'ai compris que ma mère avait raison. Il faisait si chaud que même la lune réchauffait notre petit coin de terre. Je suis sortie et j'ai rejoint mon père qui fumait une cigarette.

— Mon Dieu, cet endroit est sûrement un des plus chauds de la planète, a-t-il dit, en recrachant la fumée de tabac par la bouche et les narines en même temps.

Il a mis son bras autour de mes épaules et sa peau était encore plus brûlante que la mienne. C'était comme si on allait se fondre l'un dans l'autre et se brûler au fer rouge.

Et puis il l'a dit.

— Toi et ta maman vous êtes trop bien pour moi. Je ne vous mérite pas.

J'ai eu 20/20 au test.

— Ce fils de pute ! a dit et redit ma mère pendant des années.

Elle n'a plus jamais prononcé son nom. Il est devenu le Fils de Pute pour toujours.

Comme beaucoup de gens dans nos montagnes, ma mère croyait aux sorts.

— Puisse le vent éteindre la bougie dans son cœur. Puisse une énorme termitière pousser dans son nombril, ou une fourmi dans son oreille, disait-elle. Puisse son sexe être mangé par les vers.

Puis mon père a cessé de nous envoyer une traite tous les mois des États-Unis. Nous étions trop bien aussi pour son argent, j'imagine.

Bien sûr, la route de la rumeur qui va des USA au Mexique est la plus puissante route du monde. Si on ne sait pas la vérité, on connaît la rumeur et la rumeur, c'est mille fois mieux que la vérité.

Je préférerai toujours une rumeur à la vérité, disait ma mère.

Selon la rumeur qui était partie d'un restaurant mexicain de New York, était allée jusqu'à un abattoir dans le Nebraska, jusqu'à un fast-food *Wendy's* dans l'Ohio, puis dans un champ d'orangers en Floride, jusqu'à un hôtel à San Diego, puis avait traversé la rivière, en un sursaut de vie, jusqu'à un bar de Tijuana, s'était retrouvée dans un champ de marijuana en dehors de Morelia, puis dans un bateau à fond de verre à Acapulco et une cantine à Chilpancingo, et avait enfin remonté notre petite route en terre jusqu'à l'ombre de notre oranger, selon cette rumeur, mon père avait une deuxième famille « là-bas ».

« Ici » se déroulait notre histoire, mais c'était aussi celle de tout le monde.

« Ici » nous vivions seules dans notre cabane, entourées de tous les objets que ma mère volait depuis des années. Nous avions des dizaines de stylos et de crayons, de salières et de lunettes, et nous avions un grand sac en plastique rempli de petits sachets de sucre qu'elle avait subtilisés dans les restaurants. Ma mère ne quittait jamais des toilettes sans emporter le rouleau de papier hygiénique caché dans son sac. Elle n'appelait pas ça voler, contrairement à mon père. Lorsqu'il était encore avec nous, ils se disputaient souvent. Il disait qu'il vivait avec une voleuse. Ma mère pensait qu'elle n'était qu'une emprunteuse, mais je savais qu'elle ne rendait jamais rien.

Ses amies savaient qu'elles devaient tout planquer. Quel que soit l'endroit où nous allions, quand nous rentrions à la maison, le butin sortait de ses poches, se matérialisait entre ses seins et même dans ses cheveux. Elle avait un don pour cacher des choses dedans. Je l'avais déjà vue retirer des cuillères à café et des bobines de fil de sa crinière frisottée. Une fois, elle y avait dissimulé une barre de chocolat Snickers qu'elle avait subtilisée dans la maison d'Estefani. Elle avait fourré la barre dans sa queue-de-cheval. Elle volait même sa propre fille. J'ai fini par accepter que rien ne m'appartienne vraiment.

Lorsque mon père est parti, ma mère, qui n'avait jamais mâché ses mots, a dit :

— Ce fils de pute ! Ici, on perd nos hommes, on attrape le sida par leur faute, à cause de leurs putains américaines, nos filles se font enlever, nos fils partent, mais j'aime ce pays plus que ma propre vie.

Ensuite elle a prononcé le mot « Mexique » très lentement, et puis encore, « Mexique ». C'était comme si elle léchait une assiette avec le mot dessus.

Depuis que j'étais enfant, ma mère me disait de faire des prières pour demander des choses. Nous le faisions toujours. J'avais dit une prière pour demander les nuages et pour un pyjama. J'avais fait une prière pour demander des ampoules électriques et des abeilles.

Ne demande jamais l'amour et la santé, disait ma mère. Ou de l'argent. Si Dieu entend ce que tu désires vraiment, tu ne l'auras pas. Garanti.

Quand mon père nous a quittées, ma mère a dit :

— Mets-toi à genoux et demande des cuillères.

2

Je ne suis allée à l'école que jusqu'à la fin du primaire. La plupart de ces années-là j'étais un garçon. Notre école était une petite pièce, en bas de la colline. Certaines années, les instituteurs ne se présentaient même pas, ils avaient bien trop peur de venir dans cette région. Ma mère disait qu'un instituteur qui avait envie de venir chez nous était soit un trafiquant, soit un imbécile.

Personne ne faisait confiance à personne.

Ma mère disait que tout le monde vendait de la drogue, y compris la police, bien sûr, ainsi que le maire, garanti ! Même le foutu président était un narco.

Ma mère n'avait pas besoin qu'on lui pose des questions, elle les posait elle-même.

— Comment je sais que le président est un trafiquant ? demandait-elle. Il laisse toutes les armes entrer depuis les États-Unis. Pourquoi est-ce qu'il n'envoie pas l'armée à la frontière pour arrêter les armes, hein ? De toute manière, quelle est la pire chose qu'on puisse tenir dans sa main : un plant de marijuana, un pavot ou un fusil ? Dieu a créé les plantes, mais l'homme a créé les fusils.

Mes copines d'école étaient celles que j'avais toujours eues. Nous n'étions que neuf au CP. Mes amies les plus proches étaient Paula, Estefani et Maria. Nous nous rendions à l'école avec nos cheveux coupés court et habillées en garçons. Toutes, sauf Maria.

Maria était née avec un bec-de-lièvre, alors ses parents n'avaient pas trop peur qu'elle se fasse enlever.

Lorsque ma mère parlait de Maria, elle disait :

— Le lapin au bec-de-lièvre qui vit dans la Lune est descendu dans notre montagne.

Maria était aussi la seule d'entre nous à avoir un frère. Il s'appelait Miguel, mais nous l'appelions Mike. Il avait quatre ans de plus que Maria et tout le monde le gâtait parce qu'il était le seul garçon du coin.

Paula, comme nous le disions tous, ressemblait à Jennifer Lopez, mais en plus belle.

Estefani avait une peau incroyablement noire. Dans l'État du Guerrero, nous étions tous très mats, mais elle, on aurait dit un morceau de la nuit, ou un iguane sombre et rare. Elle était grande et maigre aussi et, comme personne n'était grand dans le Guerrero, elle ressortait comme l'arbre le plus haut d'une forêt. Elle arrivait à voir des choses que je ne pouvais pas voir. Même des choses très lointaines comme des voitures qui descendaient le long de la route. Une fois, elle avait vu un petit serpent rayé noir, rouge et blanc, tout enroulé dans un arbre. Il s'avéra que c'était un serpent corail. Ce sont des serpents qui aiment téter le lait des mères endormies.

Lorsqu'on grandit dans le Guerrero, on apprend que tout ce qui est rouge est dangereux. Alors nous savions que ce serpent l'était. Estefani avait raconté que le serpent l'avait regardée droit dans les yeux. Elle n'avait confié cette chose qu'à Paula, Maria et moi, juste nous trois, ses trois meilleures amies, parce qu'elle savait que cela voulait dire qu'elle était maudite. Et elle l'était, évidemment, aussi maudite que si le serpent avait été la méchante marraine avec une baguette magique qui vous dit que vos rêves ne se réaliseront jamais.

Quand Maria était née avec son bec-de-lièvre, tout le monde avait été horrifié. Sa mère, Luz, avait gardé sa fille dans la maison, et son père était parti pour ne plus jamais revenir.

Ma mère adorait dire aux autres ce qu'ils devaient faire. Elle ne savait pas s'occuper de ses affaires. Alors elle est allée chez Luz pour se faire une idée du bébé. C'est uniquement parce que ma mère m'a raconté encore et encore l'histoire que je la connais. Elle a regardé la petite Maria recouverte d'une gaze blanche dans les bras de Luz. Elle a soulevé le tissu et a étudié l'enfant.

— Elle est née à l'envers, comme un pull mis à l'envers, a dit ma mère. Il faut juste que tu la remettes à l'endroit. Je vais aller l'inscrire à la clinique.

Ma mère a tourné les talons, a descendu la montagne, a pris un car jusqu'à la clinique à Chilpancingo et a fait inscrire la naissance de Maria. On procédait ainsi pour que les cliniques locales sachent quels enfants, dans les zones rurales, avaient besoin de ce type d'opération. Des médecins venaient ensuite de Mexico tous les deux ou trois ans et opéraient gratuitement, mais pour cela, il fallait que les patients soient enregistrés à la naissance.

Il a fallu huit ans pour qu'un groupe de médecins vienne jusqu'à Chilpancingo. Ils étaient escortés par un convoi de militaires pour les protéger d'une éventuelle rencontre violente avec les trafiquants. Bien sûr, le temps que tout cela arrive, nous nous étions tous habitués au visage de Maria. À cause de cela, certaines de ses amies ne voulaient pas qu'elle se fasse opérer. Nous voulions qu'elle soit heureuse et normale, bien sûr, mais à cause de sa figure à l'envers nous avions peur des dieux. Nous avions conscience qu'il existait des punitions terribles et pensions que quelque chose avait dysfonctionné dans notre petit cercle magique. Elle était devenue un mythe, comme une sécheresse ou un déluge. Maria était citée comme un exemple de la colère de Dieu. Est-ce qu'un médecin pouvait réparer cette colère ? nous demandions-nous.

Maria habitait son propre mythe et parfois, on aurait dit qu'elle était faite en pierre. Nous, nous pensions que Maria était puissante. Ma mère, elle, n'a jamais cru à ce pouvoir.

— Elle cherche les ennuis et elle va les trouver, a dit ma mère.

Estefani, Paula et moi nous pensions que le pire lui était déjà arrivé et que, du coup, elle n'avait peur de rien, comme par exemple du serpent qu'Estefani avait vu dans l'arbre. C'est Maria qui avait ramassé un long bâton et qui lui avait donné des petits coups jusqu'à ce qu'il tombe par terre. Estefani, Paula et moi avions crié et nous nous étions poussées, mais Maria s'était penchée, l'avait ramassé et l'avait tenu entre le pouce et l'index.

Elle avait fixé le serpent et lui avait dit :

— Alors comme ça, tu crois que tu as une vilaine figure ? Eh bien, regarde la mienne !

— Arrête, arrête, avait dit Paula, il va te mordre !

— Idiote, tu ne vois pas que c'est justement ce que je veux ! avait dit Maria.

Et elle avait laissé tomber le serpent sur le sol.

Elle traitait tout le monde d'idiote, c'était son mot préféré.

Un jour, alors que j'avais sept ans, Maria et moi étions rentrées de l'école ensemble. Généralement, nous quittions toutes l'école en même temps, puis nous retrouvions nos mères près de l'autoroute et ensuite nous partions dans différentes directions vers nos maisons. Cette fois-là, je ne me souviens plus pourquoi, Maria et moi étions seules. L'année scolaire était presque finie et nous étions tristes parce que le maître qui était venu de Mexico pour un an nous quittait et qu'un nouveau volontaire viendrait en septembre. Dans les campagnes, on dépendait des volontaires de la ville. Nous avions des instituteurs, des travailleurs sociaux, des médecins et des infirmières, tous volontaires. Cela faisait partie de leur formation obligatoire. Au bout d'un certain temps, nous avions appris à ne pas trop nous attacher à ces gens, qui comme disait ma mère, vont et viennent comme des représentants de commerce avec rien à nous vendre à part les mots « il faut ».

— Je n'aime pas les gens qui viennent de loin, a dit Maria. Ils ne savent pas du tout qui nous sommes et passent leur temps à nous dire : il faut faire ceci et il faut faire cela, et il faut faire ceci et il faut faire cela. Est-ce que je vais à la ville, moi, pour leur dire que ça pue et leur demander, hé, où est passée l'herbe, et pourquoi est-ce que le ciel est jaune ? C'est exactement comme ce foutu Empire romain.

Je ne voyais pas ce qu'elle voulait dire avec son Empire romain, mais je savais qu'elle avait récemment regardé un documentaire sur l'histoire de Rome.

Cette marche seule avec Maria a eu lieu pendant le mois de juillet. Je me rappelle la chaleur et la tristesse de perdre notre maître. Il faisait très humide et je sentais mon corps se décomposer au fur et à mesure que nous avancions. Il faisait si moite que des araignées pouvaient tisser leur toile dans l'air. Nous devions enlever les toiles et les longs fils de nos visages en espérant qu'aucune araignée n'était tombée dans nos cheveux ou dans nos chemisiers. C'était le genre de moiteur qui faisait que les iguanes et les lézards dormaient avec les yeux à moitié fermés. Même les insectes dormaient. C'était aussi le genre de chaleur qui poussait les chiens errants à descendre jusqu'à l'autoroute pour chercher de l'eau, et leurs carcasses sanguinolentes maculaient l'asphalte noir depuis nos montagnes jusqu'à Acapulco.

Il faisait si chaud qu'à un moment Maria et moi nous nous sommes assises sur des pierres, après avoir vérifié qu'il n'y avait ni scorpion ni serpent, et nous nous sommes reposées une minute.

— Aucun garçon ne voudra jamais m'aimer et tant pis, c'est comme ça. Je m'en fiche, a-t-elle dit. Je ne veux pas qu'on me tripote la figure. Ma mère dit qu'aucun garçon n'aura jamais envie de m'embrasser.

J'ai essayé d'imaginer le baiser, des lèvres contre ses lèvres déchirées, une langue dans sa bouche déchirée. Je lui ai demandé si ça voulait dire qu'elle n'aurait jamais d'enfant et elle a dit que sa mère lui avait dit qu'elle ne se marierait jamais, qu'elle n'aurait jamais d'enfant, car aucun homme ne l'aimerait jamais.

— Je n'ai pas envie qu'on m'aime, a dit Maria, alors on s'en fiche, non ?

— Maria, moi non plus, je n'ai pas envie qu'on m'aime. Qui pourrait bien avoir envie de ça ? Ça a l'air dégoûtant de s'embrasser.

Elle s'est tournée vers moi et m'a regardée d'un air féroce et j'ai pensé qu'elle allait me cracher à la figure ou me frapper, mais à cet instant, elle est tombée amoureuse de moi.

Maria m'a regardée avec férocité parce que tout le monde ici est féroce. En fait, partout au Mexique, on sait que les gens du Guerrero sont pleins de colère et aussi dangereux qu'un scorpion blanc et transparent caché dans un lit, sous un oreiller.

Dans le Guerrero, ce sont la chaleur, les iguanes, les araignées et les scorpions qui font la loi. La vie ne vaut rien du tout.

Ma mère le disait tout le temps : la vie ne vaut rien du tout. Elle citait aussi les paroles de cette fameuse chanson comme s'il s'agissait d'une prière : Si tu dois me tuer demain, alors tue-moi aujourd'hui.

Elle traduisait ces paroles en autant de versions. Je l'ai entendue dire à mon père : Si tu dois me quitter demain, alors quitte-moi aujourd'hui.

Je savais qu'il ne reviendrait jamais. C'était aussi bien, parce que sinon elle aurait mitonné un ragoût d'ongles, de crachats, de cheveux émiettés. Elle l'aurait certainement fait. Elle aurait mélangé tout cela avec le sang de ses règles, des piments verts et du poulet. Elle m'a donné la recette. Pas écrite sur un morceau de papier, mais elle m'a un jour expliqué comment faire.

— Sois toujours celle qui fait la cuisine, a-t-elle dit. Ne laisse personne te cuisiner quoi que ce soit.

Ce ragoût d'ongles, de crachats, de sang menstruel et de cheveux aurait été délicieux. Elle était bonne cuisinière. C'est sans doute aussi bien qu'il ne soit pas revenu car elle gardait sa machette affûtée.

Ma mère disait qu'elle croyait en la vengeance. C'était comme une menace permanente au-dessus de ma tête, mais ce fut aussi une leçon. Je savais qu'elle ne me pardonnerait rien, mais elle m'a aussi appris à ne rien pardonner. Elle disait que c'était pour ça qu'elle n'allait plus à l'église, même s'il y avait des saints qu'elle aimait, mais c'était toute cette histoire de pardon qu'elle ne supportait pas. Je savais qu'elle passait une bonne partie de sa journée à imaginer ce qu'elle ferait à mon père si jamais il revenait.

J'observais ma mère couper les hautes herbes avec sa machette, ou tuer un iguane en lui brisant le crâne avec une grosse pierre, ou gratter les épines d'une feuille de maguey, ou tuer un poulet en lui tordant le cou de ses mains, et c'était comme si toutes ces choses autour d'elle étaient le corps de mon père. Lorsqu'elle coupait une tomate en fines tranches, je savais que c'était son cœur qu'elle tranchait.

Une fois, elle s'est appuyée contre la porte d'entrée, a pressé son corps contre le bois et cette porte est devenue le dos de mon père. Les chaises étaient ses genoux. Les cuillères et les fourchettes étaient ses mains.

Un jour, Maria est arrivée chez moi en courant. Nous n'habitions qu'à vingt minutes à pied l'une de l'autre, à travers une terre couverte de caoutchoucs et de petits palmiers, où de gros iguanes marron et verts dormaient au soleil sur des pierres plates. Ils étaient capables de se retourner brusquement et de mordre, surtout si on était une fillette de huit ans courant et sautillant avec des tongs en plastique rouge. Elle était venue toute seule, car elle était la seule fille qui avait le droit de sortir, à cause de son bec-de-lièvre. Nous savions tous que personne n'en voudrait, même si on la donnait pour rien. Les gens avaient un mouvement de recul immédiat quand ils la voyaient. Lorsque je l'ai vue à la porte, j'ai su qu'il était arrivé quelque chose d'important.

— Ladydi ! a-t-elle crié. Ladydi !

Ma mère était partie au marché de Chilpancingo. À cet âge-là, nos mères nous laissaient seules à la maison, à condition de promettre de ne pas sortir. Mais dès que des ébauches de seins apparaissaient sur nos torses, c'était cuit. À partir de ce moment-là, si nous devions sortir, des mesures étaient prises pour que nous ne soyons pas jolies.

Maria est venue vers moi avec les bras grands ouverts et m'a embrassée. C'était étrange de la voir comme ça puisque d'habitude elle mettait toujours sa main devant sa bouche. Elle évoluait, sa main gauche cachant la moitié de son visage et sa bouche, comme si elle retenait un secret ou comme si elle s'apprêtait à cracher quelque chose.

— Qu'est-ce qu'il y a ?

Elle s'est arrêtée, essoufflée. Elle s'est assise par terre à côté de moi. J'étais en train de découper des images dans un magazine pour les coller dans un cahier. C'était un de mes passe-temps préférés.

— Les docteurs arrivent !

Je n'ai pas eu besoin de lui demander quoi que ce soit. Après huit années d'attente, les célèbres médecins, les médecins importants et chers d'un hôpital de Mexico, arrivaient à Chilpancingo pour opérer gratuitement les enfants qui avaient des malformations. Maria avait expliqué que l'infirmière de la clinique était venue chez elle environ une heure après qu'elle était rentrée de l'école. Elle lui avait fait une prise de sang et lui avait pris sa tension pour s'assurer qu'elle était prête pour l'opération. Il fallait qu'elles soient à la clinique samedi matin à six heures.

— C'est dans deux jours ! J'ai hâte de le dire à Paula !

Il m'est venu à l'esprit que Maria, peut-être, s'attendait à être aussi belle que Paula après l'opération. Même lorsque je découpais de vieux magazines remplis de visages de stars de cinéma et de mannequins célèbres, je savais qu'aucune d'elles ne ferait le poids face à Paula. Même si la mère de Paula lui coupait les cheveux courts et frottait sa peau avec de la poudre de piment pour qu'elle soit perpétuellement rouge et irritée, la beauté de Paula transparaissait quand même.

Le samedi matin, ma mère et moi sommes allées à la clinique pour être avec la mère de Maria. Estefani et sa mère avaient quitté leur petite maison et elles étaient venues aussi.

Le frère de Maria, Mike, était là également. J'ai réalisé que je ne l'avais pas vu depuis un moment. Il passait la plupart de son temps à Acapulco. À douze ans, il me semblait adulte. Il portait des bracelets de force en cuir aux poignets, que je n'avais jamais vus auparavant, et il s'était rasé la tête.

Trois camions de l'armée étaient garés à l'extérieur de la clinique et douze soldats montaient la garde. Ils portaient des masques de ski sur le visage. Ils portaient aussi des lunettes d'aviateur par-dessus l'ouverture dans la laine. Leur nuque luisait de sueur. Leurs mitraillettes prêtes, ils encerclaient la petite clinique rurale.

Sur l'un des camions, on avait accroché une pancarte qui disait : *Ici, des médecins opèrent des enfants.*

On avait pris ces mesures pour empêcher les trafiquants de drogues de faire une descente et de kidnapper les médecins. Les trafiquants enlevaient les médecins pour deux raisons : soit ils avaient besoin qu'un des leurs se fasse opérer, généralement d'une blessure par balle, ou bien ils enlevaient les médecins de Mexico pour demander une rançon. Nous savions que les docteurs refusaient de venir dans nos montagnes s'ils n'avaient pas de protection.

Nous avons essayé d'entrer dans la clinique, mais les militaires ne nous ont pas laissées passer. Alors nous avons dû attendre dans l'institut de beauté de Ruth, au coin de la rue. Nous savions qu'un seul autre enfant bénéficiait d'une opération ce jour-là, et c'était un gamin de deux ans qui était né avec un pouce en trop. Pendant deux ans ce pouce en trop avait alimenté les conversations. Tout le monde avait son opinion.

En vérité, nous connaissions très bien la raison de ces malformations. Tout le monde savait que les vaporisations de produits pour éradiquer les champs de marijuana et de pavots empoisonnaient les nôtres.

Dans un accès de colère, la veille des opérations, ma mère avait dit :

— Maria devrait rester comme elle est ! Et à propos, ce gamin avec son pouce, ils n'ont qu'à lui couper la main, pendant qu'ils y sont ! Peut-être que comme ça, il restera ici quand il sera grand !

Alors que nous nous tenions devant l'institut de beauté, nous avons entendu un bruit lointain, comme le piétinement précipité d'un troupeau de bétail ou un avion qui volait trop bas. Il ne nous a fallu qu'une minute pour comprendre que c'était un convoi de 4 × 4.

Les soldats qui gardaient la clinique se sont vite mis à l'abri derrière les camions.

Nous avons couru à l'intérieur et nous nous sommes précipitées au fond de la boutique, aussi loin des fenêtres que possible. J'ai plongé sous un évier.

Puis le monde est devenu silencieux. On aurait dit que même les chiens, les oiseaux et les insectes s'étaient arrêtés de respirer.

Personne n'a dit : Chut ! Chut !

Nous nous attendions à entendre les balles siffler.

Chaque mur, chaque fenêtre, chaque porte sur la rue principale, qui était aussi l'autoroute qui traversait la ville, était constellé d'impacts de balles. Dans notre monde vérolé, personne ne se donnait la peine de reboucher les trous ou de repeindre les murs.

Douze 4 × 4 noirs sont passés à grande vitesse, beaucoup trop vite, comme s'ils faisaient la course. Les vitres étaient teintées en noir et les phares étaient allumés, bien qu'on soit en plein jour.

Ils sont passés si vite que nous avons senti leur souffle et la terre a tremblé autour de nous. Les gros véhicules ont laissé une traînée de poussière et de gaz d'échappement. Ils nous ont chamboulé l'esprit et ne nous ont laissé qu'une seule pensée : Faites qu'ils ne s'arrêtent pas ici.

Une fois le dernier 4 × 4 passé, il y a eu un moment de silence avant que Ruth ne dise :

— C'est bon, ils sont partis. Alors, qui veut que je la coiffe ?

Elle a souri et a dit qu'elle nous ferait les ongles à toutes gratuitement pendant que nous attendions que les opérations se terminent.

Ruth était un bébé-poubelle. Elle était sans doute le fruit d'une grosse bêtise. Pourquoi sinon voudrait-on jeter son propre bébé à la poubelle comme une peau de banane ou une épluchure d'orange ?

— Quelle est la différence, j'aimerais bien qu'on me le dise, entre tuer un bébé et le jeter aux ordures, hein ? disait ma mère.

Je me demandais si cette question était un test.

— Il y a une grosse différence, dit ma mère, répondant à sa propre question. Au moins, tuer peut s'avérer plus clément.

Ruth était un des bébés-poubelles de Mme Silberstein. Mme Silberstein était une femme juive de Los Angeles qui s'était installée à Acapulco cinquante ans plus tôt. Lorsqu'elle avait entendu parler des bébés qu'on jetait aux ordures, elle avait fait passer le message à tous les éboueurs d'Acapulco qu'elle était prête à recueillir ces bébés. Ces trente dernières années, elle avait élevé au moins quarante enfants. Un de ces bébés était Ruth.

Ruth était née d'un sac-poubelle en plastique noir rempli de couches sales, d'épluchures d'oranges pourries, de trois bouteilles de bière vides, d'une canette de Coca et d'un perroquet mort enveloppé dans du papier journal. Quelqu'un, à la décharge, avait entendu des cris qui venaient du sac.

Ruth nous faisait les ongles et nous glissait des chips directement dans la bouche, pour permettre au vernis de sécher sans bavure. Elle m'avait souvent coupé les cheveux, mais c'était la première fois qu'on me mettait du vernis. C'était la première chose dans ma vie qui me définissait en tant que fille.

Ruth m'a tenu doucement la main dans les siennes pendant qu'elle posait le vernis rouge sur chacun de mes petits ongles ovales. Lorsqu'elle est arrivée au pouce, j'ai pensé au garçon qui n'était qu'à un pâté de maisons de là, en train de se faire retirer le sien.

Ruth a soufflé sur mes doigts pour sécher le vernis.

— Souffle aussi, a-t-elle dit, pour qu'ils sèchent bien, et ne touche à rien.

Elle s'est éloignée sur sa chaise à roulettes et a pris les mains de ma mère dans les siennes.

— Tu veux quelle couleur, Rita ?

— Ce que tu as de plus rouge.

Mes mains m'ont paru miraculeusement belles. Je les ai tenues devant mon visage pour me regarder dans la glace.

— Dans quel monde on vit, a dit ma mère. La vie est une vacherie.

Par la fenêtre, à travers le verre brisé par les balles, on voyait les soldats masqués qui gardaient la clinique.

Ils époussetaient leurs uniformes. Les 4×4 avaient provoqué une minitempête de poussière. J'ai tenté d'imaginer ce qu'il y avait derrière les portes du bâtiment, et j'ai eu la vision de Maria allongée sur un drap blanc sous une lumière forte, entourée de médecins avec son visage découpé en morceaux.

La voix de ma mère a repris derrière moi.

— Parfois, je me dis que je vais cultiver des pavots moi aussi ! Tout le monde le fait, non ? De toute façon on meurt, quoi qu'on fasse, alors autant mourir riche !

— Oh, Rita !

Ruth parlait lentement, d'une voix douce, et quand elle disait Rita, on entendait Riiiiitaaa. Ça me rendait heureuse d'entendre quelqu'un parler à ma mère avec autant de douceur et de gentillesse. La voix de Ruth était capable de guérir et d'apaiser.

— Qu'est-ce que tu en penses ? a demandé ma mère.

Les voix dans le salon de beauté se sont tues. Nous voulions toutes entendre la réponse de Ruth. Tout le monde savait que Ruth était plus intelligente et meilleure que n'importe qui ici. Elle était juive, aussi. Mme Silberstein élevait tous ses orphelins-poubelles comme des juifs.

— Imaginez un instant, a dit Ruth. Imaginez seulement ce que c'est pour moi. J'ai ouvert cet institut de beauté il y a quinze ans et comment est-ce que je l'ai appelé ? *L'Illusion.* Je lui ai donné ce nom parce que mon rêve, ou mon illusion était de réaliser quelque chose. Je voulais vous faire belles, toutes autant que vous êtes, et m'entourer de merveilleux parfums.

Parce que Ruth était un bébé-poubelle, elle n'arrivait pas à se débarrasser de l'odeur d'oranges pourries. Elle n'arrivait pas à effacer de son esprit cette odeur de jus de fruit bu un matin par un inconnu.

— Et au lieu de vous faire belles, qu'est-ce que je fais ? demanda Ruth.

Nous avons toutes observé nos ongles peints en silence.

— Qu'est-ce que je fais ?

Personne n'a répondu.

— Je suis obligée de transformer des petites filles en garçons. Je dois faire en sorte que les filles un peu plus âgées soient ordinaires, et les jolies, il faut que je les fasse laides. C'est un salon de mocheté, ici, pas un salon de beauté, a dit Ruth.

Personne n'a trouvé de réponse à ça, pas même ma mère avec sa grande gueule.

La mère de Maria a passé sa tête à la fenêtre de la boutique.

— Ils ont terminé, a-t-elle dit à travers le verre explosé. Maria voudrait voir Ladydi.

Elle m'a montrée du doigt.

— Toi, tu ne vas nulle part tant qu'on ne t'aura pas enlevé ce vernis à ongles, a dit ma mère.

Ruth m'a attirée à elle, m'a assise sur ses genoux et a retiré le vernis. Les vapeurs d'acétone m'ont rempli la bouche et m'ont laissé un goût de citron sur la langue.

La petite clinique n'avait que deux pièces et la première avait été transformée en bloc opératoire. Une infirmière et deux médecins étaient en train de ranger des objets dans des valises. Maria était allongée sur un lit pliant sous une fenêtre. Sous un paquet de pansements et de gaze blanche, apparaissaient ses yeux, comme deux petites pierres noires. Elle m'a regardée avec tellement d'intensité que j'ai su exactement à quoi elle pensait. Je la connaissais depuis toujours.

Ses yeux disaient : Où est le garçon ? Est-ce qu'on lui a enlevé son pouce ? Est-ce qu'il va bien ? Et qu'est-ce qu'ils ont fait du pouce ?

Lorsque j'ai posé les questions à l'infirmière à la place de Maria, elle a répondu que le garçon était parti une heure plus tôt. Le pouce avait été retiré.

— Et qu'est-ce qu'on en a fait ?

— Il sera incinéré.

— Brûlé ?

— Oui, brûlé.

— Où ?

— Oh, nous l'avons mis dans de la glace. Nous allons le rapporter à Mexico et le brûler là-bas.

Lorsque je suis revenue à l'institut de beauté, personne n'avait plus de vernis. Il était clair qu'aucune de nous n'allait prendre le risque de sortir avec, dans ce monde où les hommes pensent qu'ils peuvent vous voler, simplement parce que vous avez les ongles peints en rouge.

Sur le chemin du retour, ma mère m'a demandé à quoi ressemblait Maria. Je lui ai dit que je ne pouvais pas la voir à cause des pansements, mais que l'infirmière m'avait dit que l'opération s'était bien passée.

— Ne rêve pas, elle aura une cicatrice.

Nous avons fait attention en traversant l'autoroute qui relie Mexico à Acapulco, et nous avons grimpé le chemin jusqu'à notre petite cabane, ombragée par un énorme bananier.

Un gros iguane est sorti des buissons et a traversé la piste. Son mouvement a attiré notre regard vers une longue colonne de fourmis rouges qui avançaient vers la gauche. Nous nous sommes arrêtées toutes les deux pour regarder. De l'autre côté du chemin, un autre flot de fourmis progressait dans la même direction.

— Il y a quelque chose de mort par ici, a dit ma mère.

Elle a levé les yeux. Cinq vautours volaient en cercle dans le ciel au-dessus de nous. Les oiseaux tournaient et tournaient, piquant par moments, s'approchant très près de la terre pour remonter très haut. Les battements de leurs ailes sentaient la mort.

Quand nous avons atteint la maison, les vautours continuaient à tourner au-dessus de nous.

Une fois à l'intérieur, ma mère est allée dans la cuisine et a sorti quatre petits flacons de vernis à ongles de sa manche. Elle en a posé un rouge et trois roses sur la table.

— Tu as volé du vernis à Ruth ?

Je ne savais même pas pourquoi j'étais étonnée. À chaque fois que nous allions quelque part, ma mère volait quelque chose. Simplement, je n'arrivais pas à croire qu'elle puisse faire ça à Ruth.

— Tais-toi et va faire tes devoirs.

— Je n'ai pas de devoirs.

— Alors tais-toi, a dit ma mère. Va te laver les mains, comme ça tu pourras les salir à nouveau.

Ma mère est allée à la fenêtre et a regardé le ciel.

— C'est un chien. Il y a vraiment trop de ces foutus vautours pour que ce soit juste une souris crevée.

3

Nous vivions avec les revenus de femme de ménage de ma mère. Tous les vendredis après l'école, elle et moi descendions jusqu'à la route et attendions un car qui nous emmenait, à une heure de là, au port. Elle n'avait personne à qui me confier à la maison. Partout où elle allait, j'allais donc aussi.

Avant que la famille Reyes n'arrive de Mexico, ma mère devait passer la serpillière dans toute la maison, faire les lits, et mettre de l'insecticide partout afin de tuer les fourmis, les araignées et surtout les scorpions.

Lorsque j'étais enfant, elle me laissait m'occuper de l'insecticide, vendu dans une bouteille avec un vaporisateur. Pendant que ma mère se chargeait du nettoyage, je vaporisais l'insecticide dans les coins, sous les lits, dans les placards et autour des lavabos dans les salles de bains. À cause de cela, j'avais un drôle de goût dans la bouche pendant des jours après, comme si j'avais sucé un fil de cuivre.

Nous avions une chambre de bonne derrière le garage. Ma mère m'y laissait et m'attachait au lit avec une corde. Elle faisait cela pour pouvoir travailler tranquillement, sans avoir besoin de s'inquiéter que je puisse m'aventurer jusqu'à la piscine et tomber dedans. Elle m'attachait au lit pendant des heures, en me laissant une miche de pain blanc, un verre de lait, du papier et des crayons de couleur.

Parfois elle m'apportait des livres de la maison pour que je les regarde. C'était généralement des ouvrages sur l'architecture, ou sur les plus belles maisons du monde, ou sur les musées.

Bien sûr, ma mère volait aussi des choses à la famille Reyes. Le dimanche soir, sur le chemin du retour, je découvrais ce qu'elle avait subtilisé. Tandis que le car roulait à toute allure sur l'asphalte brûlant vers notre terre d'insectes et de femmes, elle sortait lentement les objets de ses poches et les passait en revue.

Dans la pénombre du bus, je la regardais extraire une pince à épiler de son chemisier et trois longues bougies rouges de sa manche.

Une nuit, alors que les phares des voitures qui venaient en face éclairaient l'intérieur du véhicule, ma mère m'a tendu un sachet d'œufs en chocolat.

— Tiens, je les ai pris pour toi, m'a-t-elle dit.

Je les ai mangés dans le car tout en regardant par la fenêtre la jungle épaisse qui bordait les côtés de la route.

Après que Maria a été opérée de son bec-de-lièvre, tout a changé. Au fond, c'est un peu grâce à elle que nous avons remarqué, en revenant de la clinique, les vautours qui dessinaient des cercles autour de notre maison.

— Je vais mener ma petite enquête et aller voir ce qui est mort, a dit ma mère, en reculant de la fenêtre d'où elle observait le ciel. Toi, tu restes ici.

J'ai attendu pendant environ une heure, en écoutant de la musique sur mon iPod, objet qu'elle avait également volé à la famille Reyes.

À son retour, elle avait l'air inquiète. On voyait qu'elle avait tiré sur ses cheveux du côté gauche et ils se dressaient en une grosse touffe frisottée. J'ai retiré les écouteurs et la musique de Daddy Yankee de mes oreilles.

— Écoute, Ladydi, a-t-elle dit. Il y a un type mort là-bas. On ferait mieux de l'enterrer.

— Qu'est-ce que tu veux dire ?

— Il y a un foutu cadavre.

— Qui est-ce ?

— Il est nu.

— Nu ?

— Il va falloir que tu fermes les yeux et que tu m'aides à le mettre dans la terre. Va chercher la grande cuillère et change-toi. Moi, je vais chercher la bêche derrière la maison.

Je me suis levée, j'ai retiré les vêtements propres que j'avais mis pour me rendre à la clinique le matin et j'ai enfilé un vieux jean et un tee-shirt.

Ma mère est revenue avec la bêche que nous utilisions généralement pour retourner les fourmilières.

— OK, a-t-elle dit, suis-moi.

Je lui ai emboîté le pas. J'ai compté cinq vautours au-dessus de nous. Ma mère semblait manquer d'air, elle était essoufflée. En quelques minutes, nous avions atteint le corps.

— C'est trop près de la maison, ai-je dit.

— C'est bien trop près de la maison, tu as raison.

— Oui.

— Ils l'ont jeté là, comme ça.

— Qui est-ce ?

— Tu ne l'aurais pas déjà vu quelque part ?

— Non.

Dans ce pays, on peut très bien sortir se promener et tomber sur un énorme iguane, un papayer couvert de dizaines de gros fruits, une immense fourmilière, des plants de marijuana, des pavots ou un cadavre.

C'était le corps d'un jeune garçon. Il avait l'air d'avoir à peu près seize ans. Il était sur le dos, le visage tourné vers le soleil.

— Le pauvre, a dit ma mère.

— Le soleil va lui brûler la figure.

— Oui.

On lui avait coupé les mains et des veines blanches et bleues sortaient de ses poignets sanglants, comme des vers de terre gonflés.

On avait gravé la lettre P sur son front.

Un mot était épinglé à sa chemise à l'aide d'une grosse épingle à nourrice avec un fermoir rose. Le genre qu'on utilisait pour les couches de bébé.

— Est-ce qu'il y a bien écrit ce que je vois écrit sur ce papier ? a demandé ma mère, en commençant à creuser. Est-ce que ça dit bien : *Paula et deux filles* ?

— Oui, ça dit exactement ça.

— Viens par ici ! Commence à creuser. Il faut qu'on se dépêche.

Tandis que les vautours traçaient des cercles au-dessus de nous, nous avons creusé, utilisant la bêche, la grande cuillère et nos mains.

— Plus profond, encore plus profond, a dit ma mère. Il faut qu'on creuse davantage sinon les animaux vont le déterrer cette nuit.

Nous avons creusé pendant plus de deux heures et de la terre sont sortis des vers transparents, des scarabées verts et des cailloux roses.

Ma mère grattait la terre et regardait régulièrement par-dessus son épaule, paniquée.

— Je sens qu'on nous observe, a-t-elle chuchoté.

— Est-ce qu'il ne vaudrait pas mieux laisser la jungle s'occuper du corps ? ai-je demandé.

Mais en disant cela, je connaissais la réponse. La police et les trafiquants de drogues surveillaient les vautours. Ma mère disait que les oiseaux étaient les meilleurs informateurs du coin. Elle ne voulait pas que quelqu'un vienne fouiner autour de chez nous et voie sa fille.

Une fois que le trou a été assez profond, nous avons tiré le corps, nous l'avons mis dedans et nous l'avons recouvert de terre.

J'ai regardé mes mains. La saleté s'était infiltrée loin sous mes ongles et j'aurais beau les frotter, rien n'en viendrait à bout pendant des semaines.

Quand nous avons eu fini, ma mère a dit :

— Quand tu es née, je n'aurais jamais pensé qu'on enterrerait un jour ensemble un gamin mort. Ce n'était pas dans mes projets de vie.

Un jour, alors que ma mère avait environ vingt ans, elle était allée à Acapulco et avait payé une diseuse de bonne aventure pour qu'elle lui prédise ce qui allait se passer dans sa vie. Cette voyante louait un tout petit local entre deux bars dans la rue principale d'Acapulco. Ma mère m'a raconté qu'elle s'était sentie attirée par la pancarte de cette femme, qui disait : *Vous êtes malchanceux si vous ne connaissez pas votre future chance.*

Ma mère avait vu des touristes du monde entier payer cette femme pour l'écouter. Elle devait y aller aussi. Mais il lui avait fallu des années pour rassembler son courage, entrer chez elle, et la payer pour qu'elle lui prédise son avenir.

— Ce n'était qu'une Indienne de la campagne, m'a dit ma mère. Mais cette femme a embrassé mon argent et m'a chuchoté : l'argent n'a ni pays ni race. Une fois que l'argent est dans ma poche, je ne sais pas qui me l'a donné.

Ma mère aimait à raconter cette expérience. Cette diseuse de bonne aventure n'avait rien prédit. Tout ce qui était arrivé à ma mère par la suite était toujours accompagné de ces mots : ce n'est pas ce qu'on m'avait prédit. Les années passant, la déception était devenue plus profonde, car ma mère avait réalisé que rien de ce que la femme avait annoncé n'était arrivé.

— Écoute-moi bien, Ladydi, a dit ma mère. Un de ces week-ends où l'on sera à Acapulco, on va aller trouver cette diseuse de bonne aventure et je vais lui dire de me rendre mon argent.

Une fois que le dernier tas de terre a été jeté sur le corps du garçon mort, ma mère a dit :

— Faisons une prière.

— Dis-la, toi, ai-je répondu.

— Mets-toi à genoux, a dit ma mère. C'est du sérieux.

Nous nous sommes agenouillées toutes les deux sur les vers blancs, les scarabées verts et les cailloux roses.

— En ce jour heureux où Maria a eu sa bouche réparée et où on a enlevé le pouce en trop du petit enfant, est apparu ce jeune garçon. Prions pour qu'il y ait de la pluie. Amen.

Puis nous nous sommes relevées et sommes rentrées à la maison.

Alors que nous nous lavions les mains dans l'évier de la cuisine, ma mère a dit :

— Oui, Ladydi, je vais le dire à la mère de Paula. Il le faut. Il faut qu'elle sache.

Ma mère se tenait devant l'évier. Elle a sorti de sa poche le bout de papier qui avait été épinglé sur le cadavre et l'a enflammé avec une allumette. Le nom de Paula s'est transformé en cendres.

Paula n'avait jamais connu son père. Dire qu'il y avait un homme quelque part qui ignorait qu'il avait engendré la plus belle fille du Mexique !

La mère de Paula, Concha, n'avait jamais révélé à personne le nom de ce père, mais ma mère avait sa théorie personnelle. Concha travaillait autrefois comme femme de chambre dans la maison d'une riche famille d'Acapulco.

Le jour où Concha avait été renvoyée, elle était revenue dans la montagne avec deux choses : un bébé dans le ventre et une liasse de pesos dans la main.

— Il n'y a rien de pire qu'une fille sans père, disait ma mère. Le monde les dévore toutes crues.

Après nous être nettoyées, ma mère et moi sommes allées chez Paula. C'était une petite marche à pied le long de l'autoroute.

Je suis restée avec Paula pendant que ma mère parlait du cadavre à Concha. À onze ans, Paula était encore maigre et osseuse, mais sa beauté était déjà là. Où qu'elle aille, tout le monde se retournait sur elle pour la contempler. Tout le monde savait ce qui allait arriver.

Après cette visite, ma mère et moi avons marché jusqu'à la route et la boutique à côté de la station-service qui restait ouverte tard. Elle a acheté un pack de six bières. C'est à partir de ce jour-là qu'elle a arrêté de manger et n'a plus fait que boire de la bière.

— Qu'est-ce que la mère de Paula a dit ? ai-je demandé.

— Pas grand-chose.

— Est-ce qu'elle a peur ?

— Elle est morte de peur. Elle sera morte demain.

— Qu'est-ce que tu veux dire ?

— Je ne sais pas. Les mots sont sortis tout seuls de ma bouche.

Au matin ma mère dormait encore lorsque je suis partie pour l'école. J'ai regardé son visage. Je n'y ai plus vu de miroir.

4

Nous n'avons jamais rien dit au sujet du champ de pavots.

Nous l'avons découvert un an avant l'opération de Maria. Je m'en souviens parce que Maria a couvert sa bouche de sa main, ce jour-là, en disant : les fleurs me font peur.

Un jour, Estefani, Paula, Maria et moi avions décidé d'aller nous promener. C'était interdit, nous n'avions pas le droit de sortir et de nous balader toutes seules. Nous sommes parties de la maison d'Estefani un samedi après-midi.

La famille d'Estefani possédait une vraie maison. Ils avaient trois chambres, une cuisine et un salon. Estefani vivait avec sa mère Augusta et ses deux petites sœurs, Manuela et Dolores. Dans nos montagnes, le père d'Estefani était le seul à revenir au Mexique depuis les États-Unis chaque année. Il leur envoyait aussi de l'argent tous les mois. Grâce à lui nous avions l'électricité dans la montagne car il avait payé quelqu'un très cher pour s'en occuper. Il travaillait comme jardinier en Floride. Nous savions qu'il avait travaillé aussi un temps en Alaska sur des bateaux de pêche. En Floride, il était employé, la plupart du temps, par des Américains mais aussi par des riches Mexicains qui fuyaient la violence. Il racontait que beaucoup de ces Mexicains étaient victimes de kidnappings.

Estefani avait beaucoup de jouets qui venaient des États-Unis, dont une montre avec une fée qui s'illuminait dans le noir et une poupée en plastique qui parlait et dont les lèvres bougeaient.

Dans leur cuisine, ils avaient un four à micro-ondes, un grille-pain et une centrifugeuse électrique pour les jus de fruits. Toute la maison était équipée de plafonniers et ils utilisaient tous des brosses à dents électriques.

La maison d'Estefani était l'un des sujets de conversation préférés de ma mère. Après sa troisième bière, je savais qu'elle ne parlerait plus que de cette maison ou de mon père.

— Leurs foutus draps sont assortis à leurs couvre-lits et leurs serviettes de bain à leur tapis. Tu as vu comme les assiettes vont avec les serviettes ? disait-elle. En Amérique, tout doit aller avec tout !

Je devais admettre qu'elle avait raison. Même les trois sœurs portaient toujours des vêtements assortis.

— Regarde ce sol en terre battue ! Ton père ne nous aimait pas assez pour nous acheter ne serait-ce qu'un sac de ciment ! Il voulait qu'on vive avec les araignées et les fourmis ! Si tu te fais piquer par un scorpion et si tu meurs, ce sera la faute de ton père !

Tout était toujours sa faute. Lorsqu'il pleuvait, le toit qu'il avait construit fuyait. Lorsqu'il faisait chaud, il était évident qu'il avait bâti la maison trop loin des caoutchoucs. Si j'avais de mauvaises notes à l'école, c'est que j'étais sa fille et que j'étais aussi stupide que lui. Si je cassais quelque chose, par exemple un verre à eau, c'est parce que j'avais hérité de sa maladresse. Si je parlais trop, c'est que j'étais exactement comme lui, impossible à faire taire. Si j'étais silencieuse, c'est que comme lui je me croyais supérieure à tout le monde.

Un jour, alors que la mère d'Estefani avait attrapé un rhume et qu'elle s'était enfermée dans sa chambre, Maria, Paula, Estefani et moi nous avons décidé d'aller nous promener.

— Partons en exploration, a dit Maria.

Sa voix nous parvenait un peu assourdie à l'époque parce que sa main couvrait toujours sa bouche et la chair rouge et exposée de son bec-de-lièvre.

— Marchons en direction de Mexico, a dit Paula.

Elle parlait toujours d'aller à Mexico. C'était l'endroit que nous trouvions tout de suite sur la carte du Mexique. Nous étions capables de le montrer de l'index, en plein milieu du pays. Si le Mexique avait été un corps, Mexico aurait été son nombril.

Nous avons suivi une ligne droite depuis la maison d'Estefani, à travers les chemins d'iguanes qui nous ont emmenées plus profondément dans la jungle. Je marchais derrière. Maria marchait en tête, une main posée sur sa bouche. Paula était très belle, même si sa mère lui avait noirci les dents avec un marqueur qui avait coulé partout et teint ses lèvres en noir. Estefani avançait devant moi habillée d'un tee-shirt rose et d'un short rose assortis. Elle était déjà si grande qu'on aurait dit qu'elle était bien plus âgée que nous. En regardant mes amies, je me demandais : Et moi ? À quoi est-ce que je ressemble ?

— Tu ressembles à ton père, disait ma mère. Tu as la peau brun-rouge, les cheveux bruns, les yeux marron et les dents blanches. (Un instituteur nous avait un jour expliqué que les gens du Guerrero étaient d'origine afro-indienne.)

Tandis que Maria, Paula, Estefani et moi progressions dans la direction de Mexico, montant plus haut que nos maisons, au-dessus de la route, nous avons lentement senti la jungle qui perdait de son épaisseur et le soleil a commencé à nous brûler le dessus de la tête. Nous avancions en regardant nos pieds, pour ne pas marcher sur un serpent ou toute autre bête venimeuse.

— Dès que je le pourrai, je quitterai cette horrible jungle, a dit Paula.

Nous savions que si l'une d'entre nous y réussissait, ce ne pourrait être que Paula. Paula avec son visage comme dans les publicités à la télévision.

En un instant, comme si nous avions franchi une frontière invisible, nous avions quitté notre monde de jungle humide et atteint une clairière. Le soleil était fort. Nous nous sommes soudain retrouvées devant une splendeur de lavande et de noir, et un immense champ de pavots nous est apparu, comme un embrasement.

L'endroit semblait désert à part un hélicoptère de l'armée qui était tombé, un fouillis de patins et de pales mutilés parmi les fleurs.

Le champ de pavots sentait l'essence.

Maria a glissé sa main dans la mienne. Je n'avais pas besoin de la regarder pour reconnaître sa petite main fraîche comme une épluchure de pomme. Nous étions capables de nous identifier l'une l'autre dans le noir, et même dans un rêve.

Aucune de nous n'a eu besoin de dire : Taisez-vous, chut ! ou Fichons le camp d'ici.

Lorsque nous sommes revenues à la maison d'Estefani, sa mère dormait encore. Nous sommes allées dans la chambre de mon amie et avons fermé la porte.

Nous connaissions toutes le bruit que font des hélicoptères de l'armée qui approchent. Nous connaissions aussi l'odeur du Paraquat mélangé au parfum des papayes et des pommes. Ma mère disait :

— Ces escrocs sont payés par les trafiquants pour ne pas arroser les pavots avec leur fichu Paraquat, alors ils le balancent n'importe où sur la montagne, et ça tombe sur nous !

Nous savions aussi que les cultivateurs de pavots accrochaient des filins au-dessus des champs pour faire tomber les hélicoptères ou même, dans certains cas, qu'ils les abattaient avec leurs fusils et leurs AK-47. Comme ces hélicoptères devaient rentrer à leur base et confirmer qu'ils avaient bien répandu l'herbicide, ils le lâchaient où ils pouvaient. Ils ne tenaient pas à s'approcher des champs où ils étaient sûrs d'être abattus. Lorsque les engins passaient et se débarrassaient du produit au-dessus de nos maisons, on sentait l'odeur d'ammoniaque partout et nos yeux étaient irrités pendant des jours. Ma mère disait que c'était pour cela qu'elle n'arrêtait pas de tousser.

— Mon corps, disait-elle, est devenu le foutu champ de pavots de l'armée.

Dans la chambre d'Estefani, nous nous sommes toutes promis que cette histoire serait notre secret.

Maria et moi avions déjà un secret. C'était un secret en rapport avec son grand frère Mike. Il avait un revolver.

Ma mère disait toujours que Mike était un petit merdeux qui avait été mis sur cette terre pour briser le cœur d'une femme en mille morceaux. Elle disait qu'elle avait compris ça dès sa naissance.

Maria était née avec toute la malchance que Dieu avait à distribuer ce jour-là, disait ma mère. Dieu lui avait même donné un frère qui ne méritait d'être le frère de personne.

Mike nous avait dit qu'il avait trouvé le revolver le long de la route, dans un grand sac-poubelle noir qui avait éclaté. L'arme était là, son métal brillant parmi les coquilles d'œufs brisées. Il y avait encore deux balles.

Je l'ai cru. Je savais qu'on trouvait toutes sortes de choses dans les sacs-poubelles.

5

Mon père était capable de prendre un serpent par la queue et de le tordre en deux, comme s'il déchirait un morceau de chewing-gum. Son sifflement perçant faisait fuir les iguanes sur les chemins de la jungle. Il était toujours en train de chanter.

— Pourquoi parler si on peut chanter ? disait-il.

Il avait toujours une cigarette entre les doigts, une bière à la main et un chapeau de paille à petits bords sur la tête. Il détestait porter une casquette de baseball comme tout le monde.

Tous les matins il descendait jusqu'à l'autoroute et prenait le car le moins cher pour Acapulco où il travaillait comme barman de piscine. C'était à l'hôtel Acapulco Bay. Ma mère lui préparait une chemise propre et repassée et un pantalon qu'elle mettait dans un sac en plastique de supermarché. Il se changeait en arrivant au travail.

Pendant la journée, j'observais ma mère. Au fur et à mesure que les heures passaient, je voyais monter en elle une sorte d'excitation. À huit heures, elle savait que le car avait laissé mon père sur la route et qu'il gravissait la montagne, marchant vers nous. On l'entendait venir avant de le voir parce qu'il chantait et que sa voix nous parvenait à travers l'obscurité des bananiers et des papayers.

Lorsque finalement il arrivait à la porte, il fermait les yeux et ouvrait ses bras.

— Qui est-ce que j'embrasse en premier ? disait-il.

C'était toujours ma mère. Elle me marchait fort sur le pied, me repoussait, ou même me faisait trébucher pour que je n'arrive pas la première.

Il s'asseyait alors dans la petite pièce attenante à la cuisine, une sorte de salon où nous pouvions être à l'abri des moustiques, et il nous racontait sa journée et comment il avait servi des boissons et des Coca à des touristes venus des États-Unis et d'Europe. Parfois, il servait des stars de séries télé ou des politiques. Ces histoires-là étaient celles qui nous intéressaient le plus.

Au fil des années, la colère de ma mère a augmenté et elle s'est mise à boire. Je me souviens, c'était presque un an après l'opération de Maria. Une nuit, elle a commencé à parler beaucoup trop.

— Ton père a couché avec la mère de Paula, Concha. Et avec la mère d'Estefani, et avec tout le monde dans le coin. Oui, il l'a fait avec chacune de mes amies, chacune d'entre elles. Et je vais te dire avec qui il l'a fait ces derniers temps, avec Ruth.

Ma mère a attrapé une autre bouteille de bière et a pris une longue rasade. On aurait dit qu'elle louchait.

— Alors, Ladydi, a-t-elle continué, autant que tu saches la vérité au sujet de ton merveilleux petit papa. Toute la vérité.

— Arrête, Mama, s'il te plaît.

— Tu ne diras pas que ta mère ne t'avait rien dit.

Et là elle a éclaté en larmes, des milliers de larmes. Ma mère s'est muée en une pluie diluvienne.

— Et autant que tu saches vraiment toute la vérité, sanglotait-elle.

— Je ne veux plus rien savoir, ai-je dit.

— Avec la mère de Maria aussi. Il a couché avec la mère de Maria. Et écoute-moi bien, c'est là qu'arrive la malédiction. J'ai dit à ton père que le bec-de-lièvre de Maria, cette face de lapin, cette tête de lièvre, était la punition de Dieu.

Je me suis immobilisée, comme quand un scorpion blanc, presque translucide, est sur le mur près de votre lit. Immobilisée comme quand vous voyez un serpent lové derrière la boîte de café. Comme quand vous attendez que l'hélicoptère vous lâche l'herbicide brûlant dessus tandis que vous rentrez de l'école. Comme quand vous entendez un 4×4 quitter la route et qu'on dirait le rugissement d'un lion, même si vous n'avez jamais entendu de lion.

— Qu'est-ce que tu es en train de me dire, Mama, exactement ?

— Oh, mon Dieu, a dit ma mère, la main sur la bouche.

On aurait dit qu'elle crachait les mots dans sa paume, tels des noyaux d'olives ou de prunes, ou un morceau de viande trop dur qu'elle n'arrivait pas à avaler. Comme si elle tentait de rattraper ces mots dans sa main avant qu'ils ne se propagent dans la pièce et qu'ils n'entrent en moi.

Lorsque les mots ont pénétré en moi, on aurait dit qu'ils avaient voyagé depuis un ressort. Mon corps était devenu une sorte de flipper et les mots m'ont heurtée comme des boules de métal, claquant et montant dans mes bras et mes jambes à toute allure, et autour de mon cou jusqu'à ce qu'elles tombent dans le trou gagnant de mon cœur.

— Ne me regarde pas comme ça, Ladydi, a dit ma mère. D'accord ? Ne prends pas tes airs supérieurs comme si tu n'avais jamais entendu tous ces commérages.

Mais elle savait très bien que je ne connaissais rien des agissements de mon père, ou en tout cas, de ces agissements-là. Ce qu'elle savait pertinemment, en revanche, parce qu'elle était une alcoolique mais pas une imbécile, c'est qu'elle venait de me tuer mon père. Elle aurait pu tout aussi bien lui tirer une balle dans le cœur, son cœur de « Papa qui n'aime que sa fille ».

Ma réaction a été de dire :

— Donne-moi une bière et ne me dis pas que je suis trop jeune.

— Tu as onze ans.

— Non, douze.

— Non, tu as onze ans.

Elle m'a décapsulé une bouteille et me l'a tendue. Je l'ai bue à toute vitesse, exactement comme je l'avais vue faire des centaines de fois. Ce fut ma première cuite. J'ai vite compris que pour résoudre les problèmes, il suffit d'un peu d'alcool. Lorsque vous êtes saoule, vous vous fichez qu'un bataillon de moustiques vous dévore le bras, qu'un scorpion vous pique la main, ou que votre père s'avère être un menteur et un salopard, et que votre meilleure amie soit finalement votre demi-sœur.

Maintenant je comprenais pourquoi ma mère aimait raconter comment elle était allée scruter Maria de près après sa naissance. C'était pour voir si ce bébé ressemblait à mon père, ce qui était évidemment le cas. Maria ressemblait comme deux gouttes d'eau à mon père et c'était peut-être la raison pour laquelle le père de Maria était parti. Peut-être n'était-ce pas le bec-de-lièvre qui l'avait effrayé, finalement. Peut-être qu'il s'était dit qu'il n'allait pas passer le reste de sa vie à donner à manger à ce visage, celui du bébé de l'amant de sa femme.

Lorsque mon père est revenu du travail ce soir-là, rempli de chansons, il a trouvé sa femme et sa fille ivres mortes.

Le lendemain matin, à mon réveil, j'ai vu ma mère assise sur le tabouret de la cuisine, devant la fenêtre. Après nous avoir découvertes, mon père avait dû écouter les divagations et les fulminations de ma mère à propos de ce qu'elle m'avait dit et pourquoi elle me l'avait dit. Elle avait dû lui dire :

— Tu crois qu'on va pouvoir lui mentir comme ça encore longtemps ? Tu te prends pour Frank Sinatra, là-bas, à Acapulco, à servir des margaritas avec ces ridicules petites ombrelles en papier ?

J'avais une belle collection de ces petits parasols de papier multicolores, que mon père m'avait rapportés pendant des années. Il me rapportait aussi des mélangeurs à cocktails qui brillaient dans le noir. Il m'avait aidée à les coller sur le mur tout autour de mon lit pour que je puisse les contempler la nuit. Il me donnait aussi de temps en temps des billets de un ou cinq dollars que lui avaient laissés des touristes américains. J'avais réussi à mettre de côté trente dollars. Je gardais l'argent caché dans une bande dessinée d'*Archie* dans ma chambre.

Savoir que Maria était ma demi-sœur m'obligeait à percevoir Mike différemment. J'avais à présent des sentiments de sœur pour lui. À partir de ce jour, je me suis mise à lui acheter un cadeau pour son anniversaire.

Peu de temps après, mon père s'est rendu aux États-Unis pour chercher du travail. Il n'est revenu qu'une poignée de fois, et ensuite il a disparu pour de bon. Les seules choses qui nous sont restées de lui étaient l'antenne satellite fixée sur le plus haut palmier sur notre petit lopin de terre, une grande télévision à écran plat, et bien sûr, Maria.

— Que je sois écorchée et suspendue à un crochet de boucher, a dit ma mère.

C'était la première fois où mon père était parti. Il ne m'avait même pas réveillée de mon nouveau sommeil d'alcoolique pour me dire au revoir.

— Il ne t'a pas dit au revoir, parce qu'il était incapable de te regarder en face ! Frank Sinatra s'est enfui en douce comme un sale chien errant qui a honte d'être un chien, a dit ma mère.

Elle a fait savoir à toutes ses amies que son mari était parti sans même dire au revoir à sa fille.

Deux mois plus tard, nous avons entendu par la rumeur USA-Mexique qu'il était allé jusqu'à la frontière et qu'il avait réussi à passer la rivière à Tijuana, à la porte d'entrée d'Ysidro, caché à l'arrière d'un camion sous un faux plancher, entre les roues et le pare-chocs. Puis qu'il avait pris l'autoroute n°5 et était entré aux États-Unis.

La rumeur nous a appris qu'à la minute même où il avait passé la frontière et qu'il s'enfonçait dans l'État du Texas, il chantait des chansons, l'une après l'autre. Nous n'avions pas besoin d'une autre preuve pour savoir que la rumeur était vraie.

Après cela, mon père est allé en Floride où il a travaillé comme jardinier. Ma mère crachait par terre et disait :

— Un jardinier ! Ce fils de pute, ce menteur ne connaît absolument rien au jardinage !

Nous essayions toutes les deux de l'imaginer en train de porter une bêche ou un râteau et de planter des roses. Il était capable de séduire et de convaincre n'importe qui qu'il pouvait faire n'importe quoi.

Lorsqu'il nous a finalement envoyé un mandat, environ trois mois après son départ, ma mère est restée sans voix. Il m'a fallu un bon moment pour comprendre ce qui lui avait ôté les mots de la bouche et l'avait laissée vidée. L'argent n'avait pas été envoyé d'un de ces endroits en Floride aux noms fascinants et glamours comme Miami, Orlando ou Palm Beach, mais d'une ville qui s'appelait Boca Raton. C'en était trop pour ma mère.

— Il est parti d'ici pour aller dans la Bouche du Rat ?

6

L'année scolaire suivante, nous avons eu un maître qui s'appelait José Rosa, de Mexico. Il faisait son service social et il avait été nommé dans notre école. Nous essayions de ne pas trop nous attacher à ces étrangers qui venaient chez nous puis repartaient, mais parfois c'était difficile.

José Rosa était un beau jeune homme de vingt-trois ans parachuté dans notre monde de femmes.

Paula, Estefani, Maria et moi avons regardé nos mères tomber l'une après l'autre amoureuses de ce jeune instituteur. Tous les matins elles plaçaient pour lui des petits cadeaux et des friandises dans nos sacs de déjeuner. Ou bien elles s'attardaient aux abords de l'école.

C'est à cette époque que Paula, Estefani, Maria et moi avons commencé à protester. Nous ne voulions plus être enlaidies ou habillées en garçons. Nous voulions que José Rosa nous regarde comme des femmes.

Seule Estefani résistait à son charme. Elle a été la première à le voir remonter le chemin jusqu'à notre école, constituée d'une seule pièce dans la jungle, à l'ombre d'un vieil oranger mourant. Elle l'a vu marcher de sa démarche de la ville, dans ses vêtements et sa coupe de cheveux de la ville, elle l'a entendu s'exprimer avec son parler de la ville.

— Qui va recevoir son baiser-de-la-ville ? À qui est-ce qu'il va donner son baiser-gratte-ciel ? a demandé Estefani.

Estefani était la seule d'entre nous à être allée à Mexico. En réalité, elle y était allée souvent. Sa mère était malade et elles devaient s'y rendre pour y voir un médecin tous les deux ou trois mois. Sa mère avait failli mourir. Nous avions toutes été très inquiètes car Estefani n'avait que neuf ans à l'époque. Son père était parti pour travailler en Alaska, sur des bateaux de pêche, et n'était pas là pour les aider. Estefani racontait que sa mère maigrissait à vue d'œil, et malgré toutes ses tentatives pour prendre du poids, elle n'y parvenait pas. Sa peau sombre prenait peu à peu une teinte argentée.

Mais la vérité de cette histoire était que le père d'Estefani n'avait pas rapporté avec lui l'odeur et le goût du saumon King d'Alaska, de la truite arc-en-ciel ou de l'omble chevalier. Il n'avait pas rapporté un sac d'aiguilles de pin ou des photos de grizzlis ou une plume d'aigle. Il avait ramené le virus HIV, qu'il avait transmis à la mère d'Estefani, comme on offre une rose ou une boîte de chocolats.

À Chilpancingo, à côté de la cantine dont la porte avait été tellement criblée de balles qu'on pouvait apercevoir le bar sombre par les blessures rondes dans le bois, se trouvait une clinique où, pour vingt pesos, on pouvait demander un test de dépistage. Les hommes allaient et venaient aux États-Unis et les femmes, année après année, passaient devant la cantine pour aller se faire dépister. Il y avait celles qui ne voulaient pas savoir. Celles-là priaient.

Lorsqu'on avait annoncé à la mère d'Estefani qu'elle avait le sida, son mari l'avait quittée. Il l'avait giflée trois fois, trois allers-retours de la main, et l'avait traitée de putain. Il lui avait dit que si elle avait le sida, c'est qu'elle le trompait. Nous savions toutes que c'était impossible. Il n'y avait pas un seul homme dans nos montagnes.

Après cela, la maison d'Estefani, que nous avions tant admirée, a commencé à tomber en ruines. Les appareils ménagers se sont arrêtés de fonctionner, mais la mère d'Estefani les a conservés quand même. Les jouets se sont cassés. Les serviettes et tapis assortis se sont usés.

Parce qu'elle était allée à Mexico avec sa mère, Estefani se vantait d'avoir vu de nombreuses villes, et c'est pourquoi elle n'était pas impressionnée par notre nouvel instituteur. En fait, elle disait qu'il n'était pas aussi beau que d'autres hommes qu'elle avait aperçus.

Lorsque José Rosa est entré dans la classe un matin d'août très chaud, il sentait encore la ville. Son odeur était celle des voitures, des gaz d'échappement et du ciment. Il était très pâle.

— On dirait un verre de lait, a dit Maria.

— Non, on dirait une star de cinéma, a dit Paula.

— Non, a dit Estefani qui n'était pas d'accord. On dirait un ver de terre.

Il s'est présenté à chacune d'entre nous et nous a serré la main. Sa main dans la mienne n'avait pas encore quitté la ville. Elle était fraîche et sèche. Elle n'avait pas encore épluché une mangue ou éventré une papaye. Lui aussi portait un chapeau de paille. Plus tard il nous a expliqué que c'était un panama, ce que nous avons trouvé élégant. À part mon père, il était le seul homme à ne pas porter une casquette de baseball. José Rosa avait des cheveux noirs très bouclés et des yeux marron clair avec de longs cils recourbés vers ses sourcils. Quand ma mère l'a vu, elle a dit :

— Eh bien, Ladydi, on ferait mieux de commencer à creuser un trou pour lui aussi !

Le premier jour d'école, nous sommes arrivées avec nos mères pour nous inscrire et rencontrer le nouveau maître. C'était un rituel auquel nous sacrifiions à chaque début d'année scolaire. Ce premier jour nous étions nous-mêmes. Nées de la jungle et peu soignées, ce qui faisait de nous les cousines des papayers, des iguanes et des papillons.

Après que nous avons toutes vu José Rosa et son panama, il y a eu une ruée à l'institut de beauté de Ruth. Nous avons vu nos mères se faire laver les cheveux et se faire faire une nouvelle coupe. Celles qui avaient les cheveux bouclés les voulaient raides et celles qui les avaient raides les souhaitaient bouclés. Seule ma mère a insisté pour faire décolorer ses cheveux noirs en blond. Ruth était ravie, car elle essayait toujours de nous convaincre de changer de couleur de cheveux.

Nous regardions Ruth tandis qu'elle arrangeait nos mères, tout en tournoyant encore et encore sur les fauteuils, ou en contemplant les énormes cars qui passaient derrière la fenêtre grêlée de balles du salon de beauté.

Nous rêvions de nous faire coiffer et de nous faire vernir les ongles, mais nous n'avions pas le droit.

Lorsque Ruth a retiré la serviette des cheveux humides de ma mère, sa chevelure noire et frisottée s'était métamorphosée en une chevelure blonde et frisottée. Le silence s'est fait soudain dans la boutique tandis que nous fixions ses cheveux de barbe à papa jaunes.

Le deuxième jour d'école, tout le monde avait l'air habillé pour Noël. Les visages bruns de nos mères étaient couverts de maquillage et de rouge à lèvres.

La mère d'Estefani portait même des faux cils, qui ressemblaient à des antennes pointant de sa figure fatiguée et malade.

Lorsque José Rosa est arrivé, c'était comme si un grand miroir était tombé dans la jungle. Le regarder, c'était nous regarder nous-mêmes. Chaque petite imperfection de notre peau, chaque cicatrice, des choses que nous n'avions même jamais remarquées auparavant, nous les voyions en lui.

Ma mère a été la première à l'inviter à dîner.

— Il ne va pas en revenir quand il va voir que je connais la grammaire. J'ai étudié les verbes et les onomatopées, a-t-elle dit. Pas vrai ?

Elle a passé la journée à balayer notre sol en terre battue et à tout dépoussiérer. Depuis le départ de mon père elle n'avait jamais fait le ménage.

Je comprenais pourquoi mon père avait quitté notre maison, la jungle et ma mère (même si elle n'était pas encore l'alcoolique colérique qu'elle était devenue), mais je n'ai jamais pu comprendre comment il avait pu me quitter moi.

Lorsque José Rosa est arrivé dans notre maison toute propre, nous nous sommes assis à l'extérieur, sous le papayer. Ma mère et José ont bu de la bière et j'ai pris du Coca. Quand ma mère a passé la bouteille de bière à José Rosa, elle ne lui a pas donné de verre. Dans le Guerrero, nous buvons tous directement à la bouteille.

José a passé la soirée à se plaindre de nos montagnes. Il ne comprenait pas pourquoi nous n'utilisions jamais de verres pour boire, ni pourquoi alors que nous avions des maisons, nous dormions presque toujours dehors la nuit. Nous l'avons écouté en silence déplorer que tout le monde possède des télévisions, des antennes satellites et des lave-linges, mais pas de meubles et que l'on vive toujours avec des sols en terre battue.

José Rosa a discuté de la manière dont nous avions fait venir l'électricité jusqu'à nos maisons, en réalité de façon illégale puisque nous la prenions des poteaux électriques le long de la route et la faisions remonter par des fils le long des chemins et à travers les arbres. Il ne comprenait pas pourquoi nous mangions si souvent du bœuf et si peu de fruits et de légumes. Et la litanie a continué. José Rosa a même dit que les gros crapauds près de l'école étaient les plus vilaines choses qu'il ait jamais vues. Il ne supportait pas les énormes fourmis noires qui avaient envahi sa petite maison et, pour couronner le tout, la chaleur était atroce.

Ma mère, à présent blonde, a écouté tout cela en buvant une bière après l'autre. Son maquillage semblait glisser de son visage en sueur et fondre le long de son cou. Son rouge à lèvres avait déjà taché le goulot de cinq bières quand José Rosa a expliqué qu'il fallait absolument qu'il porte des chaussettes, même par cette chaleur, car après tout il avait été élevé comme ça. Cela l'a énervée.

Et puis, la phrase tant attendue est sortie :

— Mais comment faites-vous pour vivre, toutes, dans un monde sans hommes ? Comment ?

Ma mère a pris son inspiration. On aurait dit que même les fourmis sur le sol s'étaient arrêtées. La question de José Rosa est restée en suspens dans l'atmosphère chaude et humide, comme si des mots pouvaient être accrochés dans l'air. En tendant la main, j'aurais pu toucher la lettre C et la lettre O et les lettres M, M, E, N, T.

— Est-ce que ça vous arrive de regarder la télévision, monsieur Rosa ? a demandé ma mère avec ce phrasé un peu trop lent qui était le sien lorsqu'elle était en colère.

Elle a posé sa bouteille de bière vide par terre près d'elle.

J'ai compté six bouteilles vides. De grosses fourmis noires entraient et sortaient déjà de certaines d'entre elles.

— Vous, les hommes, vous ne comprenez pas, n'est-ce pas ? a-t-elle dit. Ici, c'est un pays de femmes. Le Mexique appartient aux femmes. Si vous regardez parfois la télévision, alors vous avez dû voir cette émission sur les Amazones.

— La rivière ? a demandé José Rosa.

Elle lui a alors parlé des guerrières et comment le mot Amazone voulait dire sans sein.

Ma mère avait une érudition télévisuelle. C'est le nom qu'elle lui donnait.

— Non, non, je ne connais pas cette légende, a dit José Rosa.

— Il faut que vous regardiez la chaîne Histoire, monsieur l'instituteur. Nous, nous regardons toujours la chaîne Histoire, pas vrai, Ladydi ?

José Rosa n'avait aucune envie de discuter des Grecs ou que s'ébruite le fait qu'il ne connaissait rien aux Amazones.

— Oui, c'est très intéressant, mais où sont passés les hommes ? Est-ce que vous savez où ils sont, exactement ?

— Oh oui, nous le savons très exactement. Ils ne sont pas ici.

Ma mère s'est levée et s'est mise à marcher dans notre maison de deux pièces. Elle ne marchait pas vraiment, elle se déplaçait comme un serpent, ses pieds glissant à l'avant de ses tongs en plastique, de telle sorte que ses orteils se recroquevillaient sur le bord comme des serres.

— Attendez ici, ne bougez pas, a-t-elle dit et elle a disparu dans la pénombre de notre maison trop chaude, en ciment brut.

C'était la première fois que José Rosa et moi nous retrouvions tout seuls. Il m'a regardée avec bienveillance et m'a demandé, avec sa voix de la ville, qui me paraissait toujours si exotique :

— Est-ce qu'elle boit toujours autant ?

Je savais que ma mère était rentrée à l'intérieur et qu'elle s'était écroulée à cause de la bière et de la chaleur. En observant sa démarche, je savais que sa crinière blonde et frisottée était à présent écrasée dans un oreiller, sur le petit lit pliant dans un coin, et qu'elle ne se réveillerait que tard dans la nuit.

— Venez avec moi, ai-je dit. Je voudrais vous montrer quelque chose.

Nous nous sommes levés et mon maître m'a suivie derrière la petite maison.

— Voilà, regardez. Le cimetière des bouteilles de bière.

José Rosa est resté silencieux, le souffle coupé à la vision du monticule de centaines et de centaines de bouteilles en verre brun, jetées en tas, couvertes d'essaims d'abeilles.

À droite de la nécropole se trouvait notre fil à linge, accroché entre deux papayers. Ma mère avait nettoyé la maison, mais elle avait oublié de décrocher les vêtements du fil. José Rosa a contemplé nos sous-vêtements jaunes et roses qui pendaient, mollement, dans l'air sans vent. Les culottes étaient pleines de trous et ma mère avait tellement frotté les taches de sang menstruel sur l'entrejambe de certaines d'entre elles qu'il était marron et usé.

— Quel âge as-tu exactement ? m'a demandé José Rosa tandis que nous revenions vers l'autre côté de la maison.

Il employait des mots comme *exactement* et *tout à fait*, et ils me paraissaient très policés, de vrais mots de la ville.

— Il faut que j'y aille, a-t-il dit.

Tout le monde voulait toujours s'en aller une fois que ma mère avait trop bu. J'étais habituée.

— Oui, elle dort maintenant. Je vais vous raccompagner jusqu'à l'autoroute.

Il était soulagé que je marche à ses côtés. Je savais que les gens de la ville avaient peur de la jungle, et il semblait plus effrayé que la plupart d'entre eux.

— Pourquoi est-ce que vous êtes venu jusqu'ici ? ai-je demandé, alors que nous descendions notre colline raide jusqu'à la route.

Il logeait dans une petite chambre au-dessus de l'institut de beauté de Ruth. Je l'observais pendant qu'il essayait d'éviter de marcher sur les grosses fourmis rouges avec ses chaussures de la ville en cuir noir et à lacets. Son regard allait sans cesse de ses pieds aux arbres. Tandis que le jour tournait au crépuscule, des dizaines de moustiques se sont posés sur son cou et ses bras. Il a tenté de les chasser. La jungle savait que cet homme de la ville était parmi nous.

Arrivée à la route, je lui ai dit que je n'avais pas le droit de la traverser et que je devais rentrer.

— Vous savez qu'il ne faut pas sortir la nuit, hein ? ai-je demandé. Quelqu'un vous a bien mis au courant ? La nuit appartient aux trafiquants, à l'armée, et à la police, comme elle appartient aux scorpions.

José Rosa a opiné.

— Vous ne sortez pas de chez vous, en aucune circonstance, même si vous entendez qu'on tire des coups de feu ou que quelqu'un crie au secours, d'accord ?

— Merci, a-t-il dit en me serrant la main et en se penchant pour m'embrasser sur la joue.

Personne dans la jungle ne vous donne la main ou ne vous embrasse sur la joue. C'est une habitude de la ville, ou une habitude qui n'existe que dans les climats froids. Dans notre pays chaud, toucher quelqu'un c'est en rajouter dans la moiteur.

Quand je suis revenue chez nous, ma mère était encore inconsciente. Il m'a fallu quelques secondes pour la reconnaître dans le lit. J'avais oublié qu'elle s'était fait décolorer les cheveux. La serpillière blonde recouvrait son petit oreiller.

Ses mains étaient posées sur son ventre. En m'approchant, j'ai vu qu'elle tenait fermement entre ses doigts quelque chose de brillant.

Le lendemain matin, elle avait l'air énervée. Elle ne voulait même pas me regarder.

— Alors, quand José Rosa est-il parti ? Je ne l'ai même pas remarqué, a-t-elle dit.

— Tu étais ivre morte, Mama. Qu'est-ce qui t'a pris ? C'est mon instituteur !

Ma mère a fait les cent pas, en tirant sur ses cheveux décolorés. Je ne savais pas si elle était en colère ou triste. Finalement, elle a dit :

— J'étais complètement retournée, tellement retournée que mes os se retrouvaient à l'extérieur et que mon cœur était là au milieu de ma poitrine comme un médaillon. C'était trop, et j'ai dû aller m'allonger. Ladydi, j'ai bien vu que cet homme pouvait voir mon foie et ma rate. Il lui aurait suffi de se pencher pour cueillir mon œil sur mon visage comme un grain de raisin.

— Qu'est-ce que tu fais avec ce revolver, Mama ?

Ma mère s'est arrêtée et s'est tue un moment.

— Quel revolver ?

— Qu'est-ce que tu fais avec ce revolver, Mama ?

— Il y a des hommes qui ont besoin qu'on les tue, a répondu ma mère.

Je me suis assise à côté d'elle et j'ai commencé à lui masser le dos doucement.

— Il faut que je parte pour l'école, sinon je vais être en retard, ai-je dit.

— Tu peux me dire pourquoi il n'y a même pas dans ce foutu trou un seul bar avec des hommes pour se saouler un bon coup et se faire embrasser ?

— Je vais à l'école toute seule. Il faut que j'y aille, Mama.

Je l'ai laissée là, par terre, et je suis sortie de la maison.

En descendant la colline j'ai vu une armée de fourmis qui avançait en plusieurs formations vers la route. Des lézards progressaient dans la même direction, rapidement. Les oiseaux au-dessus de moi, dérangés eux aussi, s'envolaient.

Ce matin-là, tout le monde sur la montagne semblait vouloir descendre vers la rivière d'asphalte noir.

Et puis j'ai compris pourquoi.

Loin, très loin, j'ai entendu un hélicoptère.

J'ai couru jusqu'à l'école aussi vite que j'ai pu.

Dans la classe, tout le monde était déjà là et la petite porte était fermée.

— Laissez-moi entrer, ai-je crié.

José Rosa a ouvert la porte. Je l'ai bousculé et j'ai couru vers Maria et Estefani qui se tenaient à la fenêtre et observaient le ciel.

— Où est Paula ? ai-je demandé.

Mes amies ont secoué la tête.

José Rosa était embarrassé et perplexe. Maria a expliqué que cet hélicoptère signifiait que l'armée allait venir larguer du Paraquat sur les champs de pavots.

— Tout le monde court se mettre à l'abri, a-t-elle expliqué. On ne sait jamais où ils risquent de lâcher l'herbicide.

Nous avons entendu l'hélicoptère se rapprocher jusqu'à ce qu'enfin il passe au-dessus de notre petite école et s'éloigne.

— Tu sens quelque chose ? a demandé Estefani.

— Non, rien, a répondu Maria.

José Rosa s'est assis, a sorti une petite boîte de craies blanches de son cartable en cuir, puis s'est approché du tableau noir. Il a fait quatre colonnes avec les noms des matières : Histoire, géographie, mathématiques et langue espagnole.

Nous avons sorti nos cahiers et nos crayons noirs de nos sacs d'école et avons commencé à recopier ce que José Rosa avait écrit.

Tandis que j'écrivais le mot Histoire, j'ai commencé à la sentir. Le temps que j'arrive à langue espagnole, il n'y avait pas de doute possible, l'odeur du Paraquat était là.

Nous le savions toutes les trois, même si José Rosa ne le savait pas.

L'absence de Paula nous préoccupait beaucoup.

L'odeur devenait de plus en plus forte et nous avions presque la sensation du poison se glissant sous la porte de la classe.

Maria se tortillait sur sa chaise, sur le point de se lever et d'insister pour que nous sortions de la pièce. À cet instant, Paula a ouvert la porte et a fait son entrée, essoufflée et en larmes.

Elle était recouverte du poison.

Elle pleurait, les yeux fermés et les lèvres serrées très fort.

Nous savions toutes que si le Paraquat vous entrait dans la bouche, vous pouviez mourir.

Dans sa course pour distancer l'hélicoptère, Paula avait perdu ses tongs et son sac. Sa robe était trempée et le liquide brûlant dégoulinait de ses cheveux. Elle gardait les yeux fortement fermés. L'herbicide pouvait vous rendre aveugle aussi. Il brûle tout.

Maria a été la première à bondir de sa chaise.

Pour ne pas la toucher, elle l'a guidée en la poussant avec son cahier jusqu'aux petites toilettes construites à l'arrière.

Estefani et moi les avons suivies. Une fois aux toilettes, Paula a arraché sa robe. Nous avons essayé de nettoyer notre amie avec de l'eau du robinet, mais cette dernière coulait trop lentement, alors nous avons aussi utilisé l'eau de la cuvette des WC. Nous avons lavé ses yeux et sa bouche, encore et encore.

J'avais le goût du poison sur la langue. Sur ma peau, là où un peu du produit était tombé, je sentais la brûlure. Le Paraquat pouvait vous transformer un coquelicot éclatant en un morceau de goudron de la taille d'un raisin sec.

José Rosa nous observait en silence depuis l'extérieur. Il a passé sa tête dans la pièce, se couvrant la bouche et le nez avec son bras, plaquant sa manche en coton sur son visage.

Nous avons débarrassé Paula du poison, mais nous savions que beaucoup du produit était déjà en elle. Elle ne parlait pas, ne pleurait pas, nue et tremblante dans le petit cabinet de toilette.

C'est Estefani qui a eu l'idée de l'envelopper dans le rideau usé qui pendait dans la classe.

Nous l'avons emmenée à travers la jungle, jusqu'à la route, et jusqu'à sa maison. Nous lui avons offert de mettre nos tongs, mais elle a refusé, préférant boitiller sur ses pieds nus. Elle avait peur qu'il y ait du Paraquat dans l'herbe le long du chemin et que nous soyons brûlées.

Nous avons remis Paula à sa mère qui a dit que ça devait bien arriver un jour, que ce n'était qu'une question de temps.

Nous savions très bien qu'elle ne pouvait pas prendre une éponge et récurer l'intérieur de sa fille, comme on récure une bouteille, et la laver du poison.

Chez nous, ma mère était assise par terre, derrière la maison, près du cimetière de bouteilles. Ses cheveux se dressaient sur sa tête en un halo jaune. Les bouteilles en verre marron et les canettes argentées luisaient et brillaient au soleil de la fin de matinée.

Je me suis assise à ses côtés.

Elle s'est tournée vers moi et m'a regardée, puis a levé les yeux vers le soleil et a dit :

— Qu'est-ce que tu fais ici si tôt, hein ?

Je frissonnais encore.

— Oh, ma Ladydi, qu'est-ce qui s'est passé ? a-t-elle demandé.

Elle s'est penchée vers moi et a passé un bras autour de mes épaules. Je lui ai raconté toute l'histoire.

— Ma fille, mon enfant, c'est bien évidemment un présage. Nous avons été choisies. Le destin est en marche.

Elle avait raison. Plus tard, lorsque Paula a été volée, j'ai su que ce jour-là il y avait eu un présage. Elle avait été la première à être choisie.

Cette nuit-là, Estefani, Maria et moi avons eu nos règles pour la première fois. Ma mère a dit que c'était

la pleine lune. La mère d'Estefani a dit, elle, que c'était le poison qui avait déclenché quelque chose de funeste en nous.

Mais nous, nous savions ce qui s'était réellement passé.

José Rosa avait vu Paula nue. Il avait vu sa peau sombre et ses seins avec leurs grandes aréoles brunes et ses mamelons doux et rouge foncé, et la toison noire au bas de son ventre. À cet instant, nous sommes toutes les trois devenues une seule et unique femme. Et c'était comme s'il nous avait toutes regardées.

7

J'ai promis à ma mère que je ne dirais jamais à Maria qu'elle était ma demi-sœur.

— Je ne veux pas bouleverser l'ordre des choses et faire tomber les feuilles de l'arbre, a dit ma mère.

— Je ne lui dirai rien.

Maria grandissait, la cicatrice sur sa lèvre s'effaçait, et elle ressemblait comme deux gouttes d'eau à mon père. S'il avait pu la regarder, il aurait cru se voir dans un miroir.

Ma mère l'avait remarqué aussi. Souvent, elle contemplait le visage de Maria et l'étudiait en silence. Elle se débattait entre deux désirs contradictoires, celui de la prendre dans ses bras pour l'embrasser et celui de la gifler violemment.

J'aimais beaucoup Maria. De tous les habitants de ce trou-perdu-et-oublié-de-Dieu-et-aussi-chaud-que-l'enfer, comme ma mère aimait à appeler notre montagne, elle était la plus gentille. Elle préférait contourner une grosse fourmi de feu rouge plutôt que de marcher dessus.

L'année où José Rosa a été notre maître, il y eut une série d'événements.

Le premier fut son arrivée et la visite à notre maison quand je lui ai montré notre cimetière de bouteilles. Le deuxième événement remarquable fut le jour où Paula a été recouverte d'herbicide.

Cette année, je l'ai mesurée aussi en regardant les cheveux décolorés de ma mère repousser. L'année scolaire finie, ses racines noires lui descendaient presque jusqu'aux oreilles. Elle ne les a jamais fait reteindre, ni décolorer en blond à nouveau, ni même couper. Car l'institut de Ruth avait fermé. Et ça, la fermeture de l'institut de beauté de Ruth, ce fut le troisième événement de cette année.

Personne n'avait rien vu. Personne n'avait rien entendu. Ils n'avaient laissé aucune trace.

À partir de ce jour-là, nous n'avons plus jamais entendu parler de Ruth.

Sofia, la grand-mère d'Estefani, qui tenait la supérette OXXO, à un pâté de maisons du salon de Ruth, s'était levée plus tôt que d'habitude ce matin-là, pour ouvrir sa boutique. On était le 10 décembre. Elle s'attendait à voir passer les troupeaux de pèlerins marchant sur tous les chemins de terre et les routes du Mexique et se rendant à Mexico pour la fête de la Vierge de Guadalupe, qui aurait lieu le 12.

Comme tous les jours, Sofia est passée devant l'institut de beauté. La porte abîmée en plastique vert transparent était grande ouverte sur la rue. Elle a regardé à l'intérieur, a appelé Ruth, mais personne n'a répondu.

Plus tard, elle a expliqué qu'elle n'aurait pas su dire si les taches rouge vif sur le sol étaient du sang ou des gouttes de vernis à ongles.

Personne n'a été assez stupide pour appeler la police. Au lieu de cela nous avons attendu.

Lorsque nous passions devant le salon qui avait toujours son nom, *L'Illusion*, au-dessus de la porte, nous jetions un œil à l'intérieur, espérant la voir. À la place, il n'y avait que les deux séchoirs sur pied sous lesquels s'asseyaient nos mères et les deux bacs vides où Ruth nous lavait les cheveux. La Menorah était toujours à sa place, sur l'appui de la fenêtre dont la vitre était étoilée d'impacts de balles.

Nous avons toutes compris qu'elle avait été volée.

— Il y a tellement de morts là-bas qu'on ne les retrouvera jamais vivants, a dit ma mère.

José Rosa a été si perturbé par l'absence de Ruth qu'il a passé deux mois à essayer de persuader quelqu'un de venir de Mexico pour enquêter.

Il n'y avait qu'un seul endroit, dans nos montagnes, où nos téléphones portables captaient un réseau envoyé depuis une tour à douze kilomètres de là. C'était une petite clairière sur le chemin de l'école. Elle était toujours occupée par quelqu'un qui discutait au téléphone ou qui attendait un appel d'un parent aux États-Unis. La clairière nous reliait au monde. C'était là que les bonnes et les mauvaises nouvelles nous parvenaient. Ma mère avait baptisé l'endroit Delphes, à cause d'un documentaire qu'elle avait vu sur l'histoire grecque.

Les bruits de la jungle se mêlaient aux sons des téléphones. Les bips, sonneries, chansons et sons de cloches remplissaient l'air humide, accompagnés des voix haut perchées des femmes.

Dans cette clairière il y avait toujours des femmes qui attendaient des nouvelles de leurs maris ou de leurs fils.

Certaines d'entre elles restaient assises là des journées entières, journées qui se transformaient en semaines, en mois et en années, et leur téléphone ne sonnait jamais.

Un jour que ma mère parlait à mon père, avant qu'il ne nous quitte pour de bon, je l'avais entendue dire :

— Je pourrais avaler ce téléphone tellement j'ai envie de toi.

C'était bizarre d'y voir un homme. La présence de José Rosa nous a toutes intimidées. Nous avons écouté, fascinées, tandis qu'il parlait à des avocats, des policiers, des juges et qu'il tentait d'obtenir que quelqu'un vienne enquêter sur la disparition de Ruth.

Une après-midi, pour le consoler, Sofia, la grand-mère d'Estefani, avait posé ses mains sur ses épaules.

— Une femme disparue, c'est comme une feuille de plus emportée dans le caniveau après l'orage, avait-elle dit.

— Personne ne se soucie de Ruth, a ajouté ma mère. On l'a volée comme on vole une voiture.

Le quatrième événement qui a caractérisé ces douze mois est arrivé la dernière semaine de l'année scolaire, en juillet. La veille du jour où notre instituteur nous a quittées pour retourner à Mexico.

Je me trouvais dans la classe, occupée à aider José Rosa à faire le ménage et à décrocher les affiches qu'il avait accrochées aux murs pendant l'année. Il préparait la pièce en vue de l'arrivée du nouvel instituteur qui viendrait à la mi-août.

La carte du monde avait été rangée. Là où mes yeux contemplaient les silhouettes de l'Afrique et de l'Australie et se perdaient dans les profondeurs bleues des mers et des océans, il y avait à présent un mur de briques vides.

Le rideau dans lequel nous avions enveloppé le corps nu de Paula n'avait jamais été remplacé.

Je me suis adossée au mur autrefois recouvert d'une affiche d'un arc-en-ciel et de diagrammes de lumière entrant et sortant de gouttes de pluie.

— Moi aussi, je suis triste, a dit José Rosa.

Et il s'est approché de moi.

Il sentait le thé noir au lait sucré.

Il a posé ses mains sur mes épaules et ses lèvres sur mes lèvres.

Sa bouche avait le goût de vitres en verre, de béton et d'ascenseurs qui vous emmènent dans la lune. Ses mains de vingt-trois ans ont pris mon visage de treize ans et il m'a embrassée encore une fois. C'était moi qui l'avais eu, finalement, le baiser-gratte-ciel.

8

— Cours et va te cacher dans le trou.

— Qu'est-ce que tu dis Mama ?

— Cours et va te cacher dans le trou. Tout de suite. Chut.

— Quoi ?

— Chut. Chut.

Ma mère se trouvait dehors lorsqu'elle a vu un 4×4 beige au loin. Elle l'a davantage entendu que vu, d'ailleurs. Le silence s'était fait dans la jungle et les insectes et les oiseaux s'étaient tus.

— Vite, a-t-elle dit, cours, cours !

J'ai couru jusqu'à la petite clairière sur le côté de notre maison et sous un petit palmier.

Le trou était recouvert de palmes sèches. J'ai poussé les feuilles qui ressemblaient à des éventails et j'ai sauté dans le trou. Depuis l'intérieur, j'ai tiré les palmes et je les ai remises en place au-dessus de l'ouverture.

Le trou était trop petit. Mon père l'avait creusé lorsque j'avais six ans. J'ai dû m'allonger sur le côté, les genoux contre la poitrine, comme les squelettes dans des tombes très anciennes que j'avais vus à la télévision. Des petits éclats de lumière me regardaient à travers le toit de feuilles.

Puis j'ai entendu le bruit d'un moteur.

La terre autour de moi a tremblé et le 4×4 s'est approché de notre petite maison. Il a stoppé dans la clairière, juste au-dessus de mon trou.

Mon minuscule espace s'est obscurci et je me suis retrouvée dans l'ombre du véhicule. Par les interstices entre les feuilles, j'apercevais le ventre du 4×4, un labyrinthe de tubes et de métal.

Au-dessus de moi quelqu'un a éteint le moteur. J'ai entendu qu'on mettait le frein à main. La portière s'est ouverte du côté du conducteur.

Une botte de cow-boy au talon haut, mais masculin et carré, est sortie de la voiture.

Cette botte n'était pas d'ici. Personne ne portait de bottes comme celle-là avec cette chaleur.

Il se tenait debout, la portière ouverte, et regardait ma mère. Depuis le trou, je ne voyais que ses bottes et les tongs en plastique qui se faisaient face.

— Bonjour, la mère, a dit l'homme.

La voix n'était pas d'ici. Les bottes et la voix venaient du nord du Mexique.

— Il fait toujours aussi chaud, ici ? a-t-il demandé. Il fait combien à ton avis ?

Ma mère n'a pas répondu.

— Ay, la mère, pose ce pistolet.

L'autre portière s'est ouverte.

Impossible de me retourner dans mon trou pour essayer de voir de l'autre côté, alors je me suis contentée d'écouter.

Du côté passager du 4×4 est sorti un autre homme.

— Tu veux que je lui colle une balle ? a demandé le deuxième homme.

Il a toussé et sa respiration était sifflante. Sa voix était celle des déserts, asthmatique, une voix de serpent à sonnette et de tempête de sable.

— Où est ta fille, hein ? a demandé le premier homme.

— Je n'ai pas de fille.

— Ay, si, tu en as une. Ne me mens pas, la mère.

J'ai entendu une balle toucher le 4×4.

Le véhicule a tangué au-dessus de moi.

Puis j'ai entendu le ra-ta-ta-ta d'une mitraillette en même temps que le bruit des balles qui fracassaient les murs en adobe de notre maison.

Ensuite tout s'est arrêté. La jungle a pris une grande inspiration et s'est figée. Les insectes, les reptiles et les oiseaux se sont tus. Il n'y avait plus le moindre petit frottement. Le ciel s'est obscurci.

La mitraillette avait même fait fuir le vent de notre montagne.

— On était ce qui pouvait t'arriver de meilleur, la mère, a dit le premier homme.

J'ai entendu le deuxième homme poser une question dans un sifflement aigu :

— J'ai fait de jolis grains de beauté partout, hein ?

Les deux hommes sont remontés dans la voiture et ont claqué les portières. Le conducteur a mis la clé et a démarré. Lorsqu'il a écrasé la pédale d'accélérateur avec sa botte, juste au-dessus de moi, mon trou s'est rempli des vapeurs du pot d'échappement. J'ai ouvert la bouche et respiré la fumée délétère.

Le véhicule a fait une marche arrière et puis a redescendu le chemin.

J'ai inspiré profondément.

J'ai inspiré le poison comme s'il s'agissait du parfum d'une fleur ou d'un fruit.

Ma mère m'a obligée à rester encore deux heures dans le trou.

— Tu ne sors pas tant que je n'ai pas entendu un oiseau chanter, a-t-elle dit.

Il faisait presque nuit quand elle a dégagé les palmes de la fosse et qu'elle m'a aidée à sortir. Notre petite maison avait été aspergée de dizaines de balles. Même le papayer avait été touché, et de la sève sucrée coulait des blessures dans son écorce tendre.

— Regarde-moi ça, a dit ma mère.

Je me suis retournée. Elle me montrait le trou de son doigt pointé.

J'ai regardé à l'intérieur et vu quatre scorpions albinos. L'espèce la plus mortelle.

— Ces scorpions ont eu plus de pitié pour toi que n'importe quel être humain n'en aura jamais, a dit ma mère.

Elle a pris une de ses tongs et les a tués tous les quatre de plusieurs coups.

— La pitié est une rue à sens unique, a-t-elle dit.

Puis elle les a ramassés dans une main et les a jetés.

Lorsque nous avons soulevé les palmes afin de recouvrir à nouveau le trou, nous avons trouvé un inhalateur en plastique bleu. Il était sur le sol là où le deuxième homme avait tiré sur notre maison et nos arbres.

— Qu'est-ce qu'on en fait ? ai-je demandé.

J'avais peur de le toucher.

— Je parie qu'il ne reviendra pas le chercher, a dit ma mère.

— Mais ce type ne pourra plus respirer.

— Laisse-le là, n'y touche pas.

Le lendemain, dans la montagne, dans la clairière, là où les portables captaient parfois, nous avons appris que ces hommes avaient réussi à prendre Paula.

Maria était assise toute seule sous un arbre. Elle tripotait la cicatrice sur sa lèvre. Augusta, la mère d'Estefani, se tenait debout au milieu de la clairière, son téléphone portable en l'air dans une main, essayant de capter un signal. La grand-mère d'Estefani, Sofia, parlait comme une folle à quelqu'un.

Concha, la mère de Paula, était assise, fixant désespérément son téléphone, comme si ses yeux pouvaient obtenir qu'il sonne.

— Appelle-moi, appelle-moi, Paula, appelle-moi, chuchotait-elle dans l'appareil.

Ma mère s'est assise à côté de Concha.

— Ils sont venus chez nous en premier, a dit ma mère.

Concha a levé son visage et m'a regardée.

— Tu t'es cachée dans ton trou ? a-t-elle demandé.

— Oui, je suis allée dans le trou.

— Paula n'a pas eu le temps. Les chiens n'ont pas aboyé. On ne les a pas entendus venir. Les chiens n'ont même pas aboyé.

Concha possédait les chiens les plus méchants, les plus effrayants qu'on ait jamais vus. C'était des animaux blessés, renversés par des voitures, qu'elle avait ramassés sur la route. Elle avait au moins dix chiens qui prenaient l'ombre sous les arbres autour de sa maison.

La plupart étaient l'affreux résultat de croisements consanguins. Ma mère disait toujours qu'ils méritaient qu'on les empoisonne.

Concha tenait le téléphone portable en l'air, au-dessus de sa tête.

— Je ne les ai même pas entendus tuer les chiens.

— Ils les ont tués ?

— Paula et moi regardions la télévision, a dit Concha. Nous venions de prendre notre bain et nous étions enveloppées dans nos serviettes, en train de nous rafraîchir sur le canapé. J'ai soudain entendu un bruit derrière moi. Je ne l'ai même pas entendu s'approcher, il aurait pu nous toucher. Il a pointé un revolver sur moi. De l'autre main, il a fait signe à Paula de le rejoindre. Tu viens avec moi, a-t-il dit, mais il ne l'a pas vraiment dit non plus. C'est son index qui l'a dit, en lui faisant signe, encore et encore. Paula s'est levée, tenant sa serviette autour d'elle. Elle est allée vers l'homme et ils sont sortis tous les deux de la maison et sont montés dans le 4×4. Elle était nue sous sa serviette, elle n'avait que la serviette.

Concha les a suivis dehors et a regardé le 4×4 disparaître sur la route. Autour de la maison, elle a vu les corps ensanglantés de ses chiens morts. À l'intérieur, la télévision continuait de parler trop fort.

— Pieds nus et enveloppée dans une serviette, a répété Concha en secouant la tête.

Sous le citronnier, au bord de son lopin de terre, se trouvait le trou qu'elle avait creusé des années plus tôt pour que Paula puisse s'y cacher.

— J'y ai enterré les chiens, a dit Concha. Je les ai enterrés les uns sur les autres, dans la cachette de Paula.

Ce jour-là, Mike est monté à la clairière. Il mâchait son chewing-gum en cadence, avec seulement ses dents de devant. On voyait le morceau blanc apparaître et disparaître derrière ses lèvres. Je ne l'avais pas vu depuis plusieurs semaines car il passait le plus clair de son temps à Acapulco. Il se tenait toujours à l'écart de tout le monde, le bras levé très haut, le téléphone en l'air, cherchant à capter un signal. Il possédait au moins cinq téléphones répartis sur tout son corps et dans ses poches. On aurait dit une boîte à musique de sonneries, de vibrations, de rap ou d'électro. Il disait qu'il avait un portable pour les USA, un autre pour Mexico, un pour la Floride, et plusieurs pour Acapulco. C'est Maria qui m'avait appris qu'il vendait de la marijuana. C'était la raison pour laquelle il avait de l'argent. Ça nous était complètement égal. Grâce à Mike, c'était Noël dans notre montagne, chaque mois de l'année. Il achetait tout le temps des cadeaux pour tout le monde.

Si Mike était là, il passait son temps à la clairière. Il y recevait des appels de partout aux États-Unis et de toute l'Europe. Il avait même une page Facebook et un compte Twitter. Apparemment, tout le monde aux USA savait que Mike était le type à qui acheter de la drogue au Mexique. Maria disait que Mike était célèbre là-bas. Pendant les vacances américaines, des touristes, surtout des jeunes pendant leurs congés de printemps, lui passaient commande avant d'arriver à Acapulco. On l'avait surnommé Mister Ondes.

Mike étant branché à son iPod toute la journée, c'était impossible de lui parler. Il écoutait du hip-hop, du rap, bougeait en rythme et sautillait constamment. Il parlait même en rythme. S'il avait eu le moindre rêve, ç'aurait été de devenir danseur de hip-hop à New York. S'il avait eu un rêve. Mais il n'en avait pas. Sa vie avançait de week-end en week-end, comme si les sept jours de la semaine, de lundi à dimanche, n'étaient qu'une saison.

Le jour où Paula a été prise, il a éteint son iPod et l'a enfoui tout au fond de sa poche de jean.

Ce jour-là, on n'a plus entendu que le silence des téléphones portables. C'était le son que faisait l'absence de Paula. C'était sa chanson.

9

Le lendemain a été le premier jour sans Paula.

Le nouvel instituteur avait une approche de son métier complètement différente. M. Rosa avait été un maître appliqué, suivant en cela le programme de l'Éducation publique. Notre nouveau maître, Rafael De la Cruz, lui, s'en fichait. Tout ce qui lui importait, c'était d'en finir avcc son année de service social et de rentrer à Guadalajara où vivait sa fiancée. Au lieu d'avoir des cours, nous restions assis en classe à écouter de la musique. Il y avait apporté un lecteur de CD et deux enceintes portables. Nous n'avions encore jamais écouté de musique classique.

Chaque matin, nous nous rendions à l'école, nous nous asseyions et attendions l'arrivée de M. De la Cruz. Il était toujours en retard. Lorsqu'il arrivait enfin, parfois avec deux heures de retard, il entrait dans la classe, sortait le lecteur de CD et les enceintes d'une petite valise et disait : Alors, vous êtes encore toutes là ? Je n'ai jamais su exactement ce que ça voulait dire. Où aurions-nous pu être d'autre ?

Il ne passait que du Tchaïkovski. *Le Lac des cygnes* sortait en flottant par la fenêtre de notre classe, traversait notre jungle, passait au-dessus de nos maisons, des collines couvertes de pavots et de marijuana, rejoignait l'autoroute noire et grasse et la Sierra Madre, jusqu'à ce que cette musique de cygnes qui dansent recouvre le pays tout entier.

— Il doit être homosexuel, a dit ma mère.

Le nouvel instituteur ne s'intéressait pas à nous. Je l'aimais bien. Il venait à l'école, nous passait de la musique, puis rentrait dans sa maison d'une seule pièce et n'en sortait plus jusqu'au lendemain. Mais pendant quatre ou cinq heures, il nous faisait poser nos têtes sur nos bras croisés, sur nos pupitres en plastique blanc, les yeux fermés, pour écouter la musique.

Pendant ces concerts, Estefani s'endormait. Après, elle se plaignait que la musique lui donnait froid. Une fois qu'elle a compris que c'était la seule chose que nous allions faire toute l'année, elle a apporté une couverture en classe et s'en couvrait les épaules. Tandis qu'Augusta, la mère d'Estefani, devenait de plus en plus malade du sida, Estefani avait de plus en plus froid. La mère aspirait toute la chaleur de sa fille.

Maria, la meilleure danseuse de cumbia et de salsa du coin, aimait bien écouter cette musique. Du moment qu'on ne l'obligeait pas à faire des mathématiques, elle était contente.

Ces matins-là, je posais ma tête sur mes bras croisés et je fermais les yeux. Dans l'œuvre de Tchaïkovski, j'entendais la terre bouger, trembler. J'entendais les racines des arbres voyager dans le sol et les pavots ouvrir leurs pétales.

J'essayais d'écouter la voix de Paula, mais je n'entendais rien.

J'étais sûre qu'elle était morte. Nous étions toutes sûres qu'elle était morte. Alors quand elle est revenue ma mère a dit :

— Eh bien, eh bien, la voilà qui sort de son cercueil !

Ce fut la dernière année où nous sommes allées à l'école. Le diplôme d'école primaire était la porte de sortie de notre enfance. En fait, plusieurs d'entre nous avaient déjà douze, treize, ou même quatorze ans, tellement ce diplôme était long à obtenir. Certaines années, les instituteurs jetaient l'éponge et nous quittaient à la moitié de l'année ou parfois, même, il ne venait aucun maître.

La seule raison pour laquelle nous avons pu avoir notre diplôme était que M. De la Cruz se fichait que nous sachions quoi que ce soit. Il a annoncé qu'il n'y aurait pas d'examens de fin d'année, a signé les diplômes et a filé sans demander son reste. Je suis sûre qu'il pensait que c'était déjà un bel accomplissement d'avoir pu quitter notre région sans avoir reçu une balle dans le corps.

À présent que nous avions fini l'école, il fallait réfléchir à ce que nous allions faire. Estefani n'avait pas le choix et elle le savait. Elle allait devoir passer les années à venir à regarder sa mère mourir. Maria voulait attendre et voir. Mike rapportait davantage d'argent à la maison et encourageait Maria et sa mère à quitter la montagne pour aller vivre à Acapulco. Il a dit qu'il allait leur acheter une maison. Personne n'a songé à demander à Paula ce qu'elle voulait faire, puisqu'elle vivait maintenant comme un bébé, enfermée toute la journée chez elle.

Ma mère m'a dit :

— Il n'est pas question que tu vendes des iguanes sur le bord de la route. Ni que tu ailles à l'école d'esthéticienne à Acapulco. Ni que tu deviennes une bonne à Mexico. Ni que tu travailles dans une usine à la frontière. Ni que tu restes ici à rien faire. Et tu as intérêt à ne pas tomber enceinte, ou je te tue.

Un jour, ma mère et moi étions dans la clairière quand Mike est venu et s'est approché de nous. On aurait dit qu'il sautillait littéralement au rythme de la musique des portables qui sonnaient, carillonnaient, tintaient comme de la ferraille ou bourdonnaient dans toutes ses poches. Il semblait gigoter et se démener à l'intérieur de lui-même, comme si ses os dansaient et se pavanaient dans un vêtement de peau. Enfant, il avait eu un iguane apprivoisé qu'il promenait attaché à une ficelle. Lorsque sa mère l'avait fait cuire en ragoût avec des carottes et des pommes de terre, il avait été dévasté.

Mike a tiré une chaîne en or d'une de ses poches et l'a tendue à ma mère.

— J'ai toujours eu envie de te donner quelque chose de joli, Rita, a-t-il dit. Tu vis avec assez de laideur chez toi.

Mike a dit qu'il connaissait une famille à Acapulco qui avait besoin d'une nounou pour leur enfant.

— C'est parfait, ça, a dit ma mère. C'est parfait pour toi, Ladydi.

— Tu devras vivre à Acapulco presque toute la semaine, a expliqué Mike. Tu vas te faire plein d'argent. Ces gens sont riches, riches, riches.

Mike a ponctué le mot « riches » d'un triple claquement de doigts : clac, clac, clac.

Quand ma mère a entendu que la famille avait de l'argent, elle s'est redressée. Je savais qu'elle pensait à toutes les choses que j'allais pouvoir voler et rapporter à la maison. Dans le miroir de ses yeux, je me voyais en train de glisser dans mon sac du rouge à lèvres et une bouteille de shampoing.

Je savais ce que ça signifierait de partir. Je savais que ma mère s'endormirait la bouche grande ouverte, la mâchoire pendante. La télévision serait allumée sur la chaîne Histoire et la pièce se remplirait de mots qui raconteraient les châteaux en France ou l'histoire du jeu d'échecs. Elle serait entourée de bouteilles de bière vides. De longues fourmis noires lui entreraient et lui sortiraient de la bouche et il n'y aurait pas sa fille près d'elle pour les chasser.

— Oui, ai-je dit à Mike. Oui.

En quittant la clairière pour rentrer chez nous, ma mère et moi sommes passées devant l'arbre qui marquait l'endroit où nous avions enterré le corps du garçon des années plus tôt, avant que Paula ne soit volée. Nous n'avions jamais appris à qui ce jeune homme pouvait bien appartenir. Personne n'était venu le réclamer.

— La jungle a des oreilles partout, a dit ma mère. Ici, il n'y a pas de secrets.

Cette après-midi-là, j'ai appris ce qui était arrivé à Paula.

Je descendais le chemin qui menait à l'école lorsque je suis tombée sur elle, assise sous un arbre. Elle était assise directement sur le sol, ce que nous ne faisions jamais. Chez nous, dans nos montagnes, on mettait toujours quelque chose entre la terre et notre peau.

Elle portait une longue robe qui la couvrait comme une tente. Je savais que des insectes étaient en train de remonter le long de ses jambes nues, sous le tissu.

J'ai senti la terre noire et chaude sous mes pieds.

C'est la terre qui nous réunissait.

J'avais envie de lui prendre la main. Son visage était penché et elle regardait quelque chose sur ses genoux.

Je me suis approchée d'elle lentement, comme j'avais appris à le faire quand je voulais attraper un serpent ou un bébé iguane. Mon corps s'est interposé entre elle et le soleil et l'éclipse ainsi produite l'a recouverte d'ombre.

Elle a levé les yeux et je me suis assise à côté d'elle.

Je savais que dans moins d'une minute, je serais en train de chasser de ma peau les fourmis rouges et noires. Des noires avaient déjà envahi sa robe. Quelques-unes grimpaient le long du tissu, lui montaient dans le cou et derrière les oreilles. Elle ne les chassait pas.

— Tu n'as pas de la peine pour Britney Spears ? a demandé Paula.

Elle avait retroussé ses manches longues. À l'intérieur de son bras gauche, là où la peau est pâle et mince comme la peau d'une goyave, j'ai vu une rangée de brûlures de cigarettes, comme des cercles roses, des pois.

— Tu sais bien, a continué Paula, Britney a beaucoup de tatouages.

— Ah oui ? Je ne savais pas.

— Si, si. Elle s'est fait faire une fée et une petite marguerite autour d'un orteil.

— Non, je ne savais pas.

— Et elle a un papillon et une autre fleur et une petite étoile sur la main gauche.

— Ah, oui ?

— Oui. Son corps est comme un jardin.

— Tu sais qui je suis ? ai-je demandé.

— Oui, bien sûr. Tu es Ladydi.

J'ai passé la main sur ses bras et ses jambes pour en chasser quelques fourmis.

— Lève-toi, ai-je dit. Les fourmis vont te dévorer si tu restes assise ici.

— Les fourmis ?

— Est-ce que ta mère sait où tu es ?

Je l'ai prise par les poignets et l'ai aidée à se lever.

— Je vais te ramener chez toi.

— Laisse-moi rester avec toi encore un peu. Je t'aime bien, a dit Paula. Tu es gentille avec moi.

J'ai pris sa main et nous avons marché jusqu'à un tronc d'arbre un peu plus loin.

— On ne peut pas rester assises par terre, ai-je dit.

Nous nous sommes assises sur le tronc l'une à côté de l'autre, regardant devant nous comme si nous étions dans un car qui fonçait sur l'autoroute. J'ai pris sa main dans la mienne et j'ai étudié les brûlures de cigarettes qui dessinaient comme un motif sur la peau fragile, douce comme celle d'un bébé, de son bras.

— J'ai vu des tigres et des lions, a-t-elle dit. Des vrais. Ce n'était pas un zoo.

— Raconte.

— Là-bas, dans cet endroit, il y avait un garage pour les voitures et un autre pour les animaux.

— Tu peux tout me dire.

Paula a décrit le ranch. Il se trouvait au nord de Mexico, dans l'état du Tamaulipas, juste sur la frontière américaine. Un trafiquant important, connu par son surnom de McClane, comme le personnage joué par

Bruce Willis dans le film *Die Hard*, y vivait avec sa femme et ses quatre enfants. McClane avait travaillé dans la police.

— J'ai été sa femme-esclave.

— Sa femme-esclave ?

— Oui. C'est le nom qu'on se donne, toutes.

À un bout du ranch se trouvait un garage qui abritait les voitures de McClane, quatre BMW, deux Jaguar et plusieurs pick-up et 4×4. Près du garage, il y avait des pièces cimentées qui contenaient un lion et trois tigres. Paula avait appris de leur gardien que les animaux avaient été achetés dans des zoos aux États-Unis. La propriété avait aussi son propre cimetière avec quatre grands mausolées de la taille de petites maisons. Chacun d'eux avait même des toilettes.

Ce n'était pas un zoo. Chaque jour les excréments des fauves étaient ramassés et incorporés dans des envois de drogue à destination des USA. Cette pratique éloignait les chiens renifleurs à la frontière.

Le travail de Paula, au ranch, était de coucher avec McClane de temps à autre, et d'aider à emballer la drogue dans les excréments des fauves, ou d'en frotter un peu sur l'extérieur de paquets entourés de plastique.

— On m'a dit qu'on leur donnait de la viande humaine à manger, a dit Paula.

Alors que nous étions assises sur le tronc, main dans la main, le ciel a commencé à s'assombrir. Avec le crépuscule, de petits nuages de moustiques nous ont entourées, mais Paula continuait de parler, alors je suis restée là et je les ai laissés me piquer. Elle ne semblait pas sentir les insectes qui lui dévoraient la peau.

— Pas besoin de t'expliquer que j'étais comme une bouteille d'eau en plastique, hein ? a dit Paula. J'étais comme quelque chose qu'on ramasse et dont on prend une gorgée.

J'ai secoué la tête.

— Non, non.

— Ces types qui m'ont prise étaient de Matamoros. Ils m'ont emmenée vers le Nord, à une fête. C'était l'anniversaire de la fille de McClane. Elle avait quinze ans.

Un cirque entier avait été loué pour la fête et on avait installé plusieurs grandes tentes dans un champ, d'un côté du ranch. Un homme se promenait et distribuait des nuages de barbe à papa rose sur de longs bâtonnets en bois. Il y avait un orchestre et une grande piste de danse.

Paula avait été emmenée dans une des tentes placées loin de la fête. Elle n'entendait qu'à peine l'orchestre. Sous cette tente se trouvaient quelques hommes et plus de trente femmes. Ils ont installé des rangées de chaises en plastique d'un côté. Au milieu, dans l'espace ouvert, il y avait une table avec des Coca, des bières, des gobelets et des assiettes en papier remplies de cacahuètes à la poudre de piment rouge. Ces femmes, sous la tente, avaient elles aussi été volées. Les trafiquants qui avaient tué les chiens de Concha et pris Paula, toute nue dans sa serviette blanche, allaient à présent la vendre.

McClane était là. Il a regardé les femmes et leur a demandé de sourire. Il voulait voir leurs dents. Mais il n'a pas regardé la bouche de Paula.

Il a choisi Paula tout de suite. Il a choisi la plus belle fille du Mexique. Elle aurait pu devenir une fille de légende. Son visage aurait dû se retrouver en couverture des magazines. On aurait dû lui écrire des chansons d'amour.

Sur le tronc d'arbre, à mes côtés, Paula continuait de fixer le vide devant elle en parlant. Lorsqu'elle se fatiguait, elle se contentait de raconter son histoire avec un mélange d'images, d'impressions.

— Tu n'as pas besoin de savoir comment le soleil se levait et se couchait, a-t-elle dit. Tu n'as pas besoin de savoir ce que je mangeais et où je dormais. Mais il faut que tu saches que McClane avait plus de deux cents paires de bottes. Elles étaient en peaux de toutes sortes de reptiles imaginables. Il en avait une paire en pénis d'ânes. Il y en avait une autre qu'il aimait bien porter le dimanche. Elle était jaune pâle et tout le monde disait qu'elle était faite en peau humaine.

Les impressions de Paula lui sortaient comme si elle en avait fait une liste au crayon sur du papier. Elle disait que la fille de McClane avait plus de deux cents poupées Barbie. Une de ces poupées était plaquée d'or et ses yeux étaient en véritables émeraudes. McClane possédait une boîte remplie avec les plumes de ses coqs de combat. McClane avait une cicatrice sur le ventre comme s'il avait été coupé en deux par un magicien. Ses fils avaient chacun leur voiture. C'était de vraies voitures, mais miniatures, et elles fonctionnaient à l'essence. Dans le ranch se trouvaient une station-service miniature et une petite supérette OXXO à côté.

Les femmes que Paula avait rencontrées sous la tente, et qu'elle voyait aussi à des fêtes, se nommaient Gloria, Aurora, Isabel, Esperanza, Lupe, Lola, Claudia et Mercedes.

— Qui sont ces femmes ? ai-je demandé.

— Oh, des filles comme moi. Et la fille de McClane avait une maison miniature pour jouer, avec de vraies toilettes et une chasse d'eau.

— Combien as-tu coûté ?

— Oh, j'ai été donnée en cadeau.

— Pourquoi est-ce que tu as ces brûlures de cigarettes sur ton bras ?

— Mais on les a toutes, Ladydi.

Elle a contemplé l'intérieur de son bras, le tendant devant moi comme si elle me montrait la page d'un livre.

— Si tu as été volée, tu te brûles l'intérieur du bras gauche avec des cigarettes.

— Mais pourquoi ? Je ne comprends pas.

— Tu es folle ? a-t-elle demandé. Tu es idiote ?

— Excuse-moi.

— C'est une femme qui a décidé ça il y a longtemps et maintenant on le fait toutes. Si on nous retrouve mortes quelque part, tout le monde saura qu'on a été volées. C'est notre marque. Mes brûlures sont un message.

J'ai regardé le dessin des cercles sur son bras tandis qu'elle continuait de le tenir, tendu, comme une rame au milieu de la jungle.

— Il faut bien que les gens sachent que c'est toi. Sinon, comment veux-tu que nos mères nous retrouvent ?

Il faisait presque nuit.

— Il faut rentrer, maintenant, ai-je dit. Viens avec moi, je te ramène.

Sa mère attendait devant la porte. Elle tenait un biberon rempli de lait dans une main.

— Il est l'heure pour mon bébé de se coucher, a dit Concha. Mais qu'est-ce que vous pouviez bien fabriquer dans la jungle ?

Paula n'a pas répondu. Elle est entrée directement dans la maison.

Sa mère m'a raccompagnée jusqu'à la limite de leur propriété.

— Est-ce qu'elle t'a raconté quelque chose ? Ne dis rien à personne, surtout, a-t-elle dit, paniquée. Qui leur a dit qu'elle était ici ? Qui nous a surveillées et savait qu'une si jolie fille vivait ici ? Ils sont venus la chercher. Ils savaient exactement ce qu'ils voulaient. S'ils apprennent qu'elle est revenue, ils vont venir la reprendre. Il faut qu'on parte. Vite. Dans un jour ou deux. J'ai bien réfléchi, Ladydi. On va s'enfuir. Qu'est-ce qu'elle t'a dit ?

— Elle m'a parlé des brûlures de cigarettes.

— Est-ce qu'elle t'a dit qu'elle s'est fait ça toute seule ? Que toutes les femmes qui ont été prises se font ça toutes seules ?

J'ai fait oui de la tête.

— Et tu la crois ? Moi je n'en crois pas un mot. Je n'arrive même pas à m'imaginer comment je pourrais me brûler moi-même. C'est impossible.

— Si, moi je la crois.

À cet instant, Paula est apparue derrière sa mère. Une créature blanche et vaporeuse. Elle tenait un biberon d'une main. Elle était nue. Dans la nuit, dans un flot de rayons de lune, j'ai vu les pointes de ses seins, la toison noire de son ventre et la constellation de brûlures de cigarettes sur tout son corps. Je reconnaissais les constellations d'Orion et du Taureau. Même ses pieds en étaient couverts. C'était comme si Paula avait traversé la Voie lactée et que chaque étoile avait brûlé son corps.

10

Concha est retournée vers la maison, a pris Paula dans ses bras, comme une gamine de quatre ans, et l'a portée à l'intérieur.

C'est la dernière fois que je les ai vues toutes les deux.

Nous avons compris qu'elles étaient parties lorsque les trois chiens de Concha sont apparus près de chez nous, cherchant de la nourriture. C'était des bâtards errants que Concha avait ramassés après que ses autres chiens avaient été abattus le jour où Paula avait été volée.

— Pourquoi est-ce qu'elle n'a pas tué ces fichues bêtes avant de partir ? a dit ma mère. Ce n'est pas nous qui allons nous en occuper. Surtout, ne leur donne rien à manger, Ladydi, tu entends ?

Nous nous sommes rendues chez Paula pour voir si elles étaient bien parties. Quand nous sommes arrivées à la petite maison de deux pièces, tout semblait indiquer que Paula et sa mère allaient revenir d'un moment à l'autre.

— Eh oui, a dit ma mère. Voilà comment il faut disparaître. Comme si on allait apparaître.

Une pleine brique de lait frais se trouvait sur la petite table de la cuisine et la télévision était allumée. Des informations au sujet d'Acapulco remplissaient la pièce. Il y avait eu une fusillade dans un bar. On construisait deux nouvelles morgues. Une tête coupée avait été retrouvée sur une plage.

Ma mère a commencé à fureter dans la maison d'une manière que je ne connaissais que trop bien. Elle a ramassé une bouteille de téquila à moitié pleine, une cafetière électrique et un grand paquet de chips.

— Va voir dans la chambre de Paula s'il n'y aurait pas quelque chose qu'elle aurait laissé, a-t-elle dit. Peut-être y aura-t-il un jean ou des tee-shirts que tu pourras utiliser.

Son petit lit était là. Il avait été surélevé du sol sur des piles de briques. C'était pour la mettre à l'abri des cafards gros comme des souris qui se promenaient la nuit. Le mur était constellé de dizaines de gros clous auxquels elle accrochait ses vêtements, si bien que son mur ressemblait à un collage de tissus. J'ai vu plusieurs paires de tongs en plastique et une paire de tennis alignées sous le lit. Deux biberons vides gisaient sur l'oreiller à côté d'une boîte à chaussures.

J'ai ouvert la boîte.

La chaleur de la jungle m'a soudain rempli la bouche. Des fourmis et des araignées se sont mises à courir dans mon sang.

Dans la boîte se trouvaient quelques photos. Mes yeux ont rencontré ceux de l'homme qui avait arraché la douce et jolie fille du corps de Paula. Ils étaient petits et noirs. Il y avait des clichés de cet homme et de sa famille. Il portait une chemise à carreaux rouges et blancs, un jean avec une large ceinture en cuir à la boucle en argent ovale. Il portait aussi des bottes de cow-boy à hauts talons. Ces gens venaient du nord du Mexique. Leurs habits le prouvaient. C'était McClane.

J'ai pris les photos et les ai fourrées dans mon jean. Au fond de la boîte j'ai trouvé un petit carnet que j'ai glissé dans ma poche arrière.

Ma mère est apparue dans l'encadrement de la porte.

— C'est vraiment horrible quand on y pense. Quelqu'un devait surveiller Paula depuis des années, a-t-elle dit. Ils la regardaient grandir.

Elle tenait la bouteille de téquila d'une main et les chips de l'autre.

— Ils l'avaient choisie depuis longtemps, a ajouté ma mère. Ils la surveillaient comme on surveille une pomme sur un pommier. On la regarde pousser et quand elle est mûre on la cueille.

Sur le chemin du retour, je sentais les photos minces et sèches glissées entre mon jean et ma peau chaque fois que je bougeais. Ma mère avait troqué ses tongs plates en plastique blanc contre celles, vert vif, de Concha, qui avaient une fleur rouge fixée sur les lanières. Ma mère a suivi mon regard et a étudié ses pieds.

— Et alors, Ladydi ? Concha ne va plus s'en servir à présent, non ?

Ma mère portait la bouteille de téquila et le paquet de chips.

Nous avons marché en silence pendant un moment. Puis ma mère a soudain tourné la tête et craché par terre.

— Si quelqu'un devait imaginer un symbole ou un drapeau pour notre petit coin de planète, ce devrait être une tong en plastique, a-t-elle dit.

Lorsque nous sommes arrivées chez nous, la porte d'entrée était ouverte et Mike nous attendait, assis à l'intérieur. J'ai trouvé étrange qu'il nous attende dans notre maison. Les gens ne font pas ça d'habitude. Ils n'entrent pas dans une maison et ne s'y installent pas s'il n'y a personne. Ça sentait même très fort son eau de Cologne, un parfum légèrement mentholé, comme du chewing-gum.

Il était assis dans la cuisine, avec la porte du réfrigérateur grande ouverte, comme on se tient devant un feu de cheminée. Il avait deux téléphones posés sur ses cuisses. Depuis un certain temps, il laissait ses cheveux, rasés quelques années plus tôt, repousser, et ils ressemblaient à de petites touffes d'herbe noire semées partout sur son crâne.

— Alors, tu avais les idées embrouillées et tu t'es cru chez toi ? a dit ma mère à Mike.

Elle a posé la téquila et les chips sur la table.

— Ferme cette porte, a-t-elle ordonné.

— Allez, ne te fâche pas, petite mère, a dit Mike.

Il s'est vite levé et a refermé la porte du réfrigérateur d'un mouvement leste de la main.

Mike appelait toutes les femmes plus âgées que lui, sur notre colline, *petite mère.* Même ma mère, qui n'acceptait de tendresse de personne, semblait aimer ça. Je savais qu'elle avait été sur le point de lui crier dessus pour être entré chez nous, pour avoir fureté partout et pour avoir ouvert le frigo, mais les mots *petite mère* l'avaient arrêtée. Comme s'ils la caressaient, comme s'ils avaient le pouvoir de la faire ronronner.

Dans notre montagne, le réfrigérateur était le meuble ou l'objet ménager le plus important. C'était notre porte de sortie vers le pôle Nord, les ours polaires, les phoques et les glaciers. Les jours où il faisait très chaud, on ouvrait grand la porte et tout le monde s'asseyait autour. Pendant la journée, nous gardions nos oreillers à l'intérieur pour les rafraîchir. Les oreillers de coton se retrouvaient à côtoyer des canettes de bière, une boîte d'œufs et des fromages emballés dans du plastique. La nuit, le temps d'une heure, nos têtes reposaient sur le coton frais. Lorsqu'un côté de l'oreiller se réchauffait, nous le retournions. L'oreiller rafraîchissait nos esprits et nos rêves. C'était ma mère qui avait eu cette idée. Tout le monde sur la montagne le faisait maintenant.

Le réfrigérateur était une des choses auxquelles ma mère adressait des prières. Elle disait qu'avec une bière fraîche, on finissait par éprouver de l'amour pour un frigo.

Ma mère s'est versé un petit verre de téquila et a ouvert le paquet de chips avec ses dents.

— Alors, quoi de neuf ? a-t-elle demandé à Mike.

Mike a expliqué qu'il me retrouverait sur l'autoroute lundi matin, ce qui était dans deux jours, et que nous prendrions le car ensemble pour Acapulco. J'avais rendez-vous avec la famille pour laquelle j'allais travailler le matin à onze heures. Je devais faire mon sac et me préparer à rester là-bas.

J'ai laissé ma mère en train de boire dans notre petite maison et j'ai raccompagné Mike une partie du chemin jusqu'à l'autoroute. Je voulais lui poser des questions au sujet de Maria. À présent que nous n'allions plus à l'école, je la voyais rarement. Je n'aimais pas beaucoup aller chez elle parce que c'était difficile pour moi d'accepter que sa mère, Luz, avait été la maîtresse de mon père. Tout le monde dans la montagne était au courant du scandale, et Mike aussi était au courant, puisqu'il savait tout sur tout le monde. La seule personne qui ne savait pas qui elle était vraiment était Maria. La seule qui ne savait pas que son bec-de-lièvre était une malédiction divine était Maria. J'avais envie de lui dire qu'elle était ma demi-sœur et je voulais qu'elle m'aime encore davantage comme sa sœur, mais j'avais trop peur qu'elle me déteste si jamais elle apprenait la vérité.

J'ai demandé à Mike de dire à Maria que je voulais la voir. Je lui ai demandé de lui dire de me retrouver à l'école plus tard dans l'après-midi.

Mike a descendu la montagne en sautillant au rythme de trois sonneries de portables qui ont retenti en même temps. C'était comme si la zone de réception, d'habitude morte, venait de se réveiller et qu'un signal lui tombait dessus telle la foudre.

Sur le chemin du retour, je me suis souvenue des photos que j'avais glissées dans mon pantalon. J'ai plongé la main dedans et retiré les clichés carrés imprimés sur du carton souple.

Il y avait six photos. L'une, d'un homme qui devait être McClane, debout sur une piste d'atterrissage près d'un petit avion. Sur deux autres, des femmes se tenaient contre un mur, en petits groupes. Paula se trouvait sur les deux. Un autre cliché montrait McClane devant une rangée d'armures médiévales. On aurait dit qu'il se trouvait dans un château.

Les deux dernières photos montraient une grande caravane rouge pour chevaux. C'était un van qui pouvait contenir deux ou trois chevaux, du genre de ceux qui peuvent être tractés par un pick-up ou un 4×4. Sur l'un des clichés, quelqu'un avait pris bien soin de montrer le sang qui dégoulinait sous la porte.

Lorsque je suis arrivée à la maison, ma mère était en train de tuer frénétiquement des mouches avec une tapette. Il avait fait si chaud, ces derniers mois, que nous en étions envahies. C'était les grosses, les juteuses, avec des piquants sur le dos. Lorsque ces mouches vous piquent, elles vous laissent une grosse marque rouge qui fait mal pendant des jours et des jours. Il y avait des taches noires et sanglantes partout sur la table de la cuisine et sur le sol.

— Mets-toi à genoux et prie pour la tapette à mouches, a dit ma mère. Qui a laissé cette foutue porte ouverte ?

— Tu sais bien, ai-je dit.

Ma mère m'a jeté un regard méchant et a continué à écraser les mouches. J'ai reconnu la tapette qu'elle avait volée chez les Reyes, il y avait au moins deux ans de cela.

— Prie pour la tapette, a-t-elle répété.

Ma mère détestait les mouches mais elle adorait les tuer. C'était un joyeux bain de sang dans notre petite cuisine.

Elle savait ce que nous savions tous : que les mouches gagnent toujours.

J'ai laissé ma mère et les mouches mortes rouges et noires et j'ai couru jusqu'à ma chambre. J'ai caché les photos de Paula sous mon matelas.

Lorsque je suis revenue dans la cuisine, ma mère était assise à la table, la tapette sur les genoux. Des restes sanglants de mouches étaient incrustés dans les mailles du plastique. Elle était en train d'avaler la moitié d'une bouteille de bière d'une seule gorgée. Puis elle a retiré le goulot de ses lèvres. Il y a eu un bruit de succion.

Je me suis assise au milieu du massacre.

— Je suis très en colère, a dit ma mère.

— Qu'est-ce qui s'est passé ?

— À la télévision ils ont parlé d'un magazine qui publie un numéro spécial sur ce que c'est que d'être une femme !

— Et alors ?

— Moi, je pourrais leur dire la vérité.

— Et quelle est la vérité, Mama ?

— La vie d'une femme est tout entière dans sa culotte.

— Ah oui ?

— Est-ce que tu crois vraiment que ces femmes journalistes de Mexico vont écrire sur la tristesse ? Oui, la tristesse quand tu découvres qu'il y a du sang là, et que ça veut dire une seule chose. Que tu es en train de perdre ton bébé !

— Mama, qu'est-ce que tu racontes ?

Entre le massacre de mouches et ses divagations au sujet des culottes, je me faisais du souci pour elle. Le regard dans ses yeux me rappelait celui qu'elle avait eu le jour où notre montagne avait été touchée par un tremblement de terre. Après, une fois que c'était passé, elle avait dit qu'on aurait dû s'en douter.

Deux semaines avant l'événement, notre petite maison avait été envahie par toutes les bestioles du coin. Des veuves noires, des tarentules rouges et des scorpions blancs transparents ou marron ont commencé à apparaître partout. Des fourmis rouges passaient sur notre plafond. Nous avons même trouvé un nid de serpents, comme un nœud de rubans noirs, derrière la télévision.

Ma mère a réagi en regardant la télévision jour et nuit. Elle ne faisait plus la cuisine et je devais fouiller partout et me débrouiller pour trouver une tortilla desséchée et du fromage. J'étais même allée jusqu'à ouvrir une boîte de thon, ce que nous ne mangions jamais depuis qu'elle avait décrété, un jour, que ça ressemblait à de la nourriture pour chats. Ma mère regardait la télévision, car c'était la seule façon d'échapper à nos montagnes.

Pendant que je tuais autant d'insectes que je pouvais et que je me nourrissais de mangues séchées, elle voyageait jusqu'à Pétra et rendait visite à une famille de bédouins qui avaient été expulsés de leur grotte et vivaient à présent dans un village, un ensemble de logements en béton construit par l'État. Leur chameau aussi vivait dans leur garage en béton. Puis ma mère est allée en Inde où elle a regardé des touristes s'offrir des opérations de chirurgie bon marché. Elle a suivi ensuite le concours de Miss Univers. Sur la chaîne Histoire, elle n'a pas manqué un seul des six épisodes sur les femmes d'Henri VIII.

Lors d'une de ces journées pré-tremblement de terre, un mouton égaré est apparu devant notre porte. J'étais sortie pour tenter d'échapper à la télévision et à ma mère, et je l'ai vu assis, là, à l'ombre d'un papayer.

Quand je suis revenue dans la maison pour le dire à ma mère, elle a lâché :

— Bientôt tu vas me dire que Marie et Joseph sont dehors et qu'ils cherchent un endroit pour la nuit.

C'était les premiers mots qu'elle disait depuis des jours. Mais elle s'est ensuite détournée de moi et s'est remise à regarder une émission sur les objets qu'on trouve dans le ventre des requins. Un homme ouvrait l'estomac d'un squale sur le pont d'un bateau et en retirait une alliance en or.

Je suis retournée dehors et j'ai donné de l'eau au mouton. L'animal l'a lapée avec sa petite langue. Pour la première fois je voyais des yeux bleus ailleurs qu'à la télévision.

Lorsque je suis rentrée dans la maison, le mouton m'a suivie.

Ma mère s'est tournée vers moi, l'a regardé et a dit :

— Ceci n'est pas un mouton, Ladydi, ceci est un agneau, juste à point pour le sacrifice.

Je n'étais pas sûre de comprendre ce qu'elle voulait dire. Peut-être allions-nous tuer l'agneau et le manger ce soir au dîner. Ou alors elle faisait dans la citation biblique, à présent que nous étions devenues une arche de Noé pour tous les insectes.

Depuis que j'avais plongé mes yeux dans les yeux bleus de l'animal, je savais que je ne pourrais pas le manger. Je l'ai finalement chassé de notre maison et renvoyé dans la montagne. J'espérais qu'un de ces gros cars argentés qui se rendent à Acapulco ne lui passerait pas dessus.

La raison de toute cette folie dans notre montagne était le tremblement de terre. Aux informations, nous avons entendu que l'épicentre se trouvait juste à côté du port d'Acapulco.

— C'est chez nous, a dit ma mère, tout excitée. Nous vivons justement à côté du port d'Acapulco ! Bien sûr, ça s'est passé juste sous nos pieds !

Le séisme a frappé à sept heures trente du matin. Nous étions en train de petit-déjeuner quand la maison a commencé à trembler. Dehors, nous avons regardé le sol bouger comme des vagues, comme si la terre était faite d'eau.

Le jour où ma mère a tué toutes ces mouches, qu'elle a divagué au sujet des culottes auxquelles il fallait adresser des prières et qu'elle a trop bu, j'ai eu peur. Elle était sur le point de craquer. Je voyais déjà les morceaux.

— Qu'est-ce que tu essaies de me dire, Mama ? ai-je dit. Exprime-toi clairement.

Ma mère a rejeté sa tête en arrière et a roulé des yeux.

— Oui, oui, oui. Il y a des jours où j'ai arraché avec mes dents les petites peaux autour de mes ongles et où je te les ai données à manger.

— Tu n'es pas sérieuse ?

— Tu n'avais pas un an. Je les ai mélangées à ton riz. Qu'est-ce que tu voulais que je fasse ? Il y a des femmes qui se sont carrément coupé des tranches de chair sur leur propre corps pour nourrir leurs enfants. J'ai entendu ça à la télé.

— Merde, Mama, ai-je dit.

— Quelle différence entre ça et du lait maternel, tu peux me le dire ?

— Non, Maman, ai-je dit. Ces journalistes chics de Mexico n'écriront jamais là-dessus !

Dieu seul savait s'il y avait un peu de vérité dans tout cela. Ma mère plaçait le mensonge dans la même catégorie que le vol. Pourquoi dire la vérité si on pouvait mentir ? C'était là sa philosophie. Si ma mère prenait le car, elle disait qu'elle avait pris un taxi.

L'après-midi allait être longue avant qu'elle ne s'écroule, ivre morte. La bouteille de téquila venue de chez Paula était vide. Ma mère s'est levée et a pris une autre bière dans le frigo.

— Je les ai tuées, alors tu peux bien les enlever et nettoyer tout ça.

J'ai attrapé un vieux chiffon près de l'évier et j'ai commencé à enlever les mouches mortes sur les chaises, les tables et les murs.

Quelques heures plus tard, quand je suis partie pour retrouver Maria à l'école, ma mère en était à sa cinquième bière. Elle était allongée sur son lit et s'éventait avec un morceau de carton qu'elle avait arraché à une boîte de corn-flakes. Elle avait mis le son de la télévision à fond. Dans son hébètement, elle regardait une émission sur les animaux sauvages en Amazonie.

— Pourquoi est-ce que la chaîne National Geographic ne vient pas chez nous pour filmer notre montagne ? a-t-elle demandé.

En m'éloignant de chez nous, je me suis arrêtée et j'ai regardé en arrière. Notre petite maison de deux pièces avait deux longues poutrelles rouillées qui pointaient vers un second étage qui n'avait jamais été construit. Toutes les maisons sur la montagne étaient comme ça. Nous les construisions toutes en rêvant d'un deuxième étage. Mais à la place, nous avions tous des antennes paraboliques. Si on observait notre région depuis l'espace, elle ressemblerait à une terre blanche constituée de milliers d'ombrelles ouvertes.

Maria était déjà à l'école. Elle était assise à son ancien pupitre : on aurait dit l'image même de notre enfance. Ses cheveux étaient enroulés en un chignon serré au sommet de son crâne. Nous appelions cette coiffure sa coiffure-oignon. Elle était si serrée qu'elle n'arrivait pas bien à cligner des yeux.

Chaque fois que je la regardais, je voyais mon père dans son visage et je devais me retenir de lui dire la vérité. Parfois, je me disais que si j'arrivais à me souvenir du visage de mon père, c'était uniquement parce que Maria était là pour me le rappeler. Lorsque ma mère avait appris que mon père avait une deuxième famille, là-bas, elle avait brûlé toutes ses photos sur la cuisinière, comme des tortillas. L'une après l'autre, elles s'étaient enroulées et avaient grillé sur le brûleur, jusqu'à devenir de la cendre grise. J'ai regardé son sourire à la Sinatra, mes gâteaux d'anniversaire et mes ballons multicolores se transformer en un nuage de fumée et sortir en flottant de la maison.

La cicatrice du bec-de-lièvre de Maria s'estompait. Mais chaque fois que je la regardais, je voyais l'ancien visage, le visage fragile et vulnérable, devenu mythique et douloureux. La cicatrice s'en était allée, mais le bec-de-lièvre était encore ce qui constituait Maria.

Je me suis installée à mon ancien pupitre à côté du sien. Nous nous étions assises comme ça, l'une près de l'autre, pendant des années. Nos coudes secs et rugueux de petites filles se touchaient, tandis que nous nous entraînions à faire des lignes d'écriture et à compter. Dans cette pièce nous avions pu laisser nos maisons et la jungle de côté et rêver à une vie différente.

Maria m'a dit qu'Augusta, la mère d'Estefani, avait une forte fièvre et qu'elles partaient demain matin pour Mexico où une association, qui aidait les malades du sida, lui donnait les médicaments dont elle avait besoin. Augusta était malade depuis maintenant six ans et les allers et retours à la ville étaient devenus une routine.

J'ai informé Maria que Paula et Concha avaient quitté la montagne pour de bon.

J'ai parlé à Maria des photos. Elle s'est dressée.

— Et Ruth ? Tu as demandé pour Ruth ?

Dans la montagne, tout le monde était certain que la disparition de Ruth et l'enlèvement de Paula étaient liés.

J'ai secoué la tête.

— Je n'ai pas demandé. Désolée, ai-je dit.

Maria a passé son doigt sur sa cicatrice. Le jour de l'opération, j'avais vu ma mère et Ruth fumer un paquet entier de Salem. Le parfum mentholé remplissait l'institut de beauté. Quand nous étions petites, Maria et moi nous amusions à voler les mégots dans le cendrier de Ruth et à sucer les filtres comme s'ils étaient des bonbons Halls à la menthe et à l'eucalyptus. En regardant le visage de Maria, j'avais le goût des filtres au menthol qui me revenait dans la bouche.

— Tu les as bien regardées ? Est-ce que tu as vu si une des femmes sur les photos était Ruth ?

— Non.

— Allons-y, alors.

Nous nous sommes levées et mises en route vers chez moi. Nous marchions vite, sautillant presque, remplies de l'espoir d'apercevoir le visage de Ruth sur les photos. Tout à nos rêves insensés, nous avons couru à travers la jungle, pleines d'une joie stupide.

Ce fut très rapide, rapide comme un bras qui se transforme en serpent. Elle a bougé. J'ai vu son ombre sur le mur et puis, c'est allé très vite, comme lorsqu'un scorpion lève sa queue ou qu'un iguane projette sa langue dans un essaim vaporeux de moucherons. Aussi vite que ça. Ma mère tenait le petit pistolet argenté dans sa main et tout était en place. C'était comme si toute la Sierra Madre s'était tue. J'ai entendu un bruit d'os brisés et c'était quelque chose que je n'avais encore jamais entendu.

J'ai entendu le bruit des os brisés au moment où la balle est entrée dans le corps de Maria, dans le corps de ma demi-sœur, l'autre fille de mon père, la fille qui lui ressemblait comme deux gouttes d'eau.

Ce sont des choses qui arrivent après dix bières mélangées à de la téquila. Si on avait prélevé du sang à ma mère avec une seringue, il aurait été jaune. Si on avait mis son sang dans une éprouvette et si on l'avait examiné à la lumière, on aurait trouvé de la Corona pure. Mais personne, dans notre montagne, ne pratiquait d'alcootest ou n'appelait la police.

Appeler la police, c'était comme inviter un scorpion chez vous. Qui ferait ça ? disait toujours ma mère.

Qu'est-ce qui s'était passé avec ma mère, cette après-midi-là ? C'était cette heure entre l'après-midi et le crépuscule. Dans cette lumière, qui n'est presque plus de la lumière, qui croyait-elle avoir vu sur le seuil de sa porte ?

Je me suis agenouillée à côté de Maria et j'ai contemplé le visage de mon père. J'ai regardé son visage et c'était comme regarder dans un lac. Sous la surface, là où je pouvais voir le lit du lac avec ses pierres et ses poissons argentés, je voyais son visage déchiré, les points de suture et les cicatrices de son bec-de-lièvre.

J'ai défait ses vêtements pour voir la blessure et j'ai senti le sang chaud sur mes mains.

Quand Maria a ouvert les yeux, nous nous sommes regardées.

— C'était quoi ? a-t-elle demandé.

— Mais bon Dieu, où est-ce que tu as eu ce pistolet, Mama ?

J'ai craché les mots en direction de ma mère, tout en passant mes mains autour de la taille de Maria.

— Mike.

Tandis que ma mère s'effaçait peu à peu et quittait pour toujours cette planète, et que le sang de Maria baptisait notre jungle, j'aurais voulu m'accrocher à elle et la retenir.

— Ramenez-moi en arrière, ramenez-moi quelques minutes en arrière, disait ma mère.

Les pendules tournaient à l'envers dans sa tête. Rembobiner. Voilà à quoi elle pensait. Appuyer sur « rembobiner ».

Ma mère m'avait toujours dit que la mort arrivait toujours à l'heure, jamais en retard.

Un nuage est passé au-dessus de nous et la pièce s'est assombrie. J'ai entendu le cri d'un perroquet dehors.

Ma mère s'est effondrée sur le sol. Elle a dit :

— Ça va aller. C'est juste une égratignure.

J'ai enveloppé le bras de Maria dans un torchon et passé le mien autour de sa taille. Ensemble nous sommes sorties de la maison en trébuchant et nous avons pris le chemin qui descendait la montagne.

Il n'y avait personne sur l'autoroute. Quelques gros cars sont passés à toute vitesse. L'asphalte noir nous brûlait les pieds à travers nos tongs et la chaleur donnait des teintes bleutées et vertes aux flaques d'essence.

Nous avons attendu vingt minutes dans cette chaleur infernale. Quelques taxis sont passés, mais il a fallu une éternité avant que l'un d'eux ne s'arrête et accepte de nous emmener à l'hôpital. Aucun chauffeur ne voulait de sang dans sa voiture. Dès que je leur disais que nous devions nous rendre à l'hôpital, ils jetaient un œil au visage de Maria. Puis leur regard descendait jusqu'à son bras, enveloppé dans un torchon et là, ils appuyaient sur la pédale d'accélérateur et fichaient le camp. Dans l'état du Guerrero, certains taxis ont une pancarte qui dit : *Cette voiture ne prend pas de corps en sang*.

Je regardais le bras de Maria et j'espérais que le torchon absorberait, ou même endiguerait, le flot de sang.

Finalement, un taxi s'est arrêté et a accepté de nous prendre.

Il a regardé le bras de Maria.

— Pas question de laisser ça entrer dans ma voiture. Il faut me l'envelopper dans un sac en plastique.

Il a pris un sac de supermarché dans la boîte à gants et me l'a tendu.

— Mettez le bras là-dedans, a-t-il dit.

— Qu'est-ce qu'il a dit ? a demandé Maria.

— Mets ton bras dans ce sac ou tu ne montes pas dans cette voiture.

J'ai pris doucement le bras blessé de Maria et je l'ai mis dans le sac de supermarché, comme s'il s'agissait d'un gigot d'agneau.

— OK, ai-je dit, son bras est dans le sac. Allons-y !

— Faites un nœud au bout.

— Pardon ?

— Nouez-le.

J'ai pris les extrémités du sac et fait un petit nœud avec les coins du plastique en haut de son bras. Elle m'a laissée faire sans protester. Comme si, depuis que ma mère lui avait tiré dessus, son bras appartenait à notre famille.

— Alors, qui est-ce que vous avez embêté ? a demandé le chauffeur de taxi une fois partis sur l'autoroute.

Les seules personnes dans tout le Mexique qui savaient ce qui se passait dans le pays étaient les chauffeurs de taxi. Si on voulait apprendre quelque chose au sujet d'un événement, on disait : prends un taxi. Selon moi, quelqu'un aurait dû rassembler tous les taxis, quelqu'un comme Jacobo Zabludovsky (le vieux journaliste dont ma mère jurait qu'il était la dernière personne dans tout le Mexique à avoir un peu de noblesse), et leur demander ce qui se passait dans notre foutu pays. Ma mère disait toujours qu'il y avait là-bas, quelque part, un chauffeur de taxi qui savait exactement ce qui était arrivé à Paula et à Ruth.

Le trajet jusqu'à Acapulco prenait moins d'une heure. J'aurais voulu dire à Maria qu'elle était ma demi-sœur et que ma mère lui avait tiré dessus parce que, dans son état d'ébriété, elle l'avait prise pour notre père. Mais je devais me taire car je savais que les oreilles du chauffeur étaient dressées, en quête de nouvelles.

L'homme avait des mains de boxeur, des phalanges énormes couvertes de cicatrices. Il s'agrippait au volant, féroce. Il avait même éteint sa radio pour pouvoir grappiller toute information en provenance des sièges arrière.

— Alors, qui est-ce que vous avez embêté, comme ça ? a répété le chauffeur.

J'ai décidé de ne pas répondre et j'ai continué d'entourer Maria de mon bras.

Il nous a regardées dans son rétroviseur.

— Tu as dû être une vilaine, vilaine fille pour mériter qu'on te tire dessus, hein ?

C'était un homme aux cheveux noirs et bouclés avec une pincée de gris. Il avait de profondes rides de sourire au coin des yeux.

— C'était un accident, ai-je dit.

— Un accident ? C'est ce qu'ils disent tous.

— S'il vous plaît.

— C'est une vilaine fille, a-t-il dit comme si Maria n'était pas là. Le type va aller en prison, tu sais ça ?

— Oui.

— Il va aller en prison. Dès qu'ils vont voir une blessure par balle aux urgences, les médecins vont devoir en informer la police, tu sais bien. C'est la loi.

— C'était un accident.

— Je parie que ça fait mal.

J'ai serré les lèvres. Il n'arrêtait pas de me dévisager dans le rétroviseur. Je devais sans cesse détourner les yeux. Il me surveillait plus qu'il ne surveillait la route.

— Ça doit vraiment faire mal, a-t-il dit.

— Évidemment, ai-je répondu.

— Hé, ton amie ne sait pas parler ? Je dis toujours que si quelqu'un ne parle pas, c'est qu'il cache quelque chose.

— Oui, ça fait mal, ai-je dit. Elle ne peut pas parler parce que ça fait mal.

— Et si tu me laissais voir tes petits nichons ? a-t-il dit. Je vous rendrai votre argent si tu me les fais voir. Ta copine blessée n'a pas besoin, juste toi.

— Peut-être une autre fois, ai-je dit.

— Tu me rappelles ma fille. Un vrai petit caramel.

J'ai regardé Maria. Elle était pâle. Avec ses lèvres, en silence, elle a dit le mot *connard.*

Je me suis tortillée sur mon siège. Puis j'ai relevé ma jupe par-derrière et j'ai pissé à travers ma culotte sur le siège en tissu du taxi. J'ai senti la chaleur mouillée de mon urine sur mes cuisses nues. Ma mère m'avait appris la vengeance. Je savais qu'elle aurait été fière de moi.

J'ai pris le bras de Maria et j'ai essayé de lui caresser un peu la tête, ce qui n'était pas facile à cause de son chignon-oignon trop serré. J'ai regardé dans le sac en plastique qui entourait son bras et j'ai vu qu'il ne se remplissait pas de sang. Maria m'a jeté un regard appuyé et a fait un signe du menton vers son flanc. Le sang ne coulait pas dans le sac. Vu la façon dont elle tenait son bras en l'air, il refluait à travers le nœud et suintait sur le côté. Son chemisier rouge à manches courtes était littéralement trempé à la hauteur de ses côtes.

Maria a laissé aller sa tête en arrière et a fermé les yeux.

J'ai cru qu'elle était morte.

— Maria, réveille-toi, réveille-toi, ai-je chuchoté.

Le chauffeur s'est retourné vers nous et nous a regardées.

— Hé, miss, elle ferait mieux de mourir, comme ça je vous laisse sur le bord de la route.

— Elle n'est pas morte.

— Si elle meurt, je vous débarque toutes les deux. J'espère qu'elle va mourir, parce que j'ai bien envie de me débarrasser de vous.

Lorsque j'ai aperçu l'énorme baie grise d'Acapulco entourée d'un mur d'hôtels et d'immeubles et que j'ai reniflé le sel de la mer, j'ai su que Maria allait vivre. Elle était toute pelotonnée contre moi, sous mon bras. Avec amour, je lui ai déposé un baiser sur le sommet du crâne, qui sentait l'huile capillaire à la noix de coco, parce qu'elle était ma sœur et qu'elle allait le savoir très bientôt. Tant que j'étais en possession du secret, je pouvais l'aimer.

Lorsque j'ai vu la baie, je me suis souvenue de la première fois où j'étais venue à Acapulco. Mon père vivait toujours avec nous et nous venions lui rendre visite. À cette époque, il était barman dans un petit hôtel. Ma mère était habillée d'une robe dont le haut révélait son dos nu. Elle portait des chaussures blanches à talons hauts et du rouge à lèvres rouge vif. Elle m'avait habillée d'une robe bain de soleil rouge et m'avait fait deux tresses.

— Nous allons faire une surprise à ton père, alors il faut que nous soyons jolies, de jolies filles pour lui faire la surprise, avait dit ma mère.

Elle portait ses escarpins dans une main et marchait avec ses tongs le long de la route pour aller prendre le car.

Le long du trajet, elle avait vérifié son rouge à lèvres dans un petit miroir de poche qu'elle avait pris dans son sac. Elle avait passé la matinée à s'épiler les avant-bras avec une pince et ils étaient encore rouges à certains endroits.

De la station de car, nous avions pris un taxi jusqu'à l'hôtel où mon père travaillait.

L'hôtel faisait face à la baie. Mon père travaillait au bar extérieur, à côté de la piscine, sous un large toit de palmes. Le soleil passait à travers les trous du toit et faisait étinceler les bouteilles d'alcool. Je n'avais encore jamais vu de piscine. Le soleil de l'après-midi scintillait sur l'eau comme si elle renfermait des milliers de cristaux. La sono diffusait une station de radio locale et l'air était empli de cymbales, de bongos et de tambourins.

Mon père se tenait appuyé au bar, habillé d'un pantalon blanc et d'une chemise *guayabera* blanc perle. Il fumait une cigarette. La fumée du tabac se mélangeait au sel et au soleil.

Lorsqu'il nous avait vues, il avait mis sa cigarette dans un cendrier et nous avait ouvert les bras. Il m'avait soulevée. Il sentait le citron et l'Alberto VO5, dont il enduisait ses cheveux pour les aplatir.

Il m'avait reposée et avait donné le bras à ma mère, nous emmenant jusqu'au bar où nous nous étions assises sur des tabourets, face à la baie. Il avait préparé une margarita pour ma mère, dans un verre au bord trempé dans le sel, et planté une petite ombrelle dedans. Puis il m'avait concocté une boisson gazeuse avec de la limonade et du jus d'orange, et y avait plongé un remueur en plastique en forme de sirène.

Mes parents étaient beaux dans leurs vêtements blancs qui faisaient ressortir leur peau mate. J'avais trouvé que c'était la plus belle après-midi de ma vie jusqu'au moment où ma mère et moi nous étions retrouvées dans le car pour rentrer.

— J'en étais sûre, avait-elle dit, tout en retirant son rouge à lèvres avec deux ou trois feuilles de papier toilette. Ton père a une liaison avec cette serveuse !

Je voyais très bien de qui elle voulait parler.

Ma mère était très mince, presque maigre. Lorsqu'elle se décrivait, elle mettait son petit doigt en l'air et disait : maigre comme un petit doigt.

Pour moi, son auriculaire serait toujours le symbole de son corps.

La serveuse en question portait des vêtements si serrés que son ventre faisait un bourrelet au-dessus de son jean et que ses cuisses frottaient l'une contre l'autre quand elle marchait. C'était une vraie beauté. Mon père disait toujours qu'une femme doit avoir des formes. Mais quels que soient ses efforts pour grossir, ma mère n'y parvenait jamais. Mon père trouvait que tenir une femme maigre dans ses bras, c'était comme embrasser des nerfs et des os. Il disait que les vrais hommes aimaient les corps moelleux comme des oreillers.

Il ne disait jamais : toi, Rita, tu n'es qu'un tas de nerfs et d'os, ou toi, Rita, tu aurais besoin de grossir ou toi, Rita, tu ressembles à une aile de poulet. Dans sa cruauté, il n'était jamais aussi explicite.

La serveuse portait des tongs rouges avec des talons en plastique de cinq centimètres. Nous n'avons jamais pu oublier ces chaussures.

Je savais que ma mère avait raison. Cette femme se montrait trop gentille et ça, c'est le signe absolu, si tant est qu'il y en ait un. Je m'attendais à la voir nous offrir des bonbons d'un moment à l'autre. Bien sûr, mon père avait tout nié en bloc.

Tandis que le car roulait à travers les montagnes sombres, sur la route sinueuse, s'éloignant de la baie et nous rapprochant de la maison, je sentais le jus d'orange me brûler l'estomac, et je commençais à avoir des vertiges. Quand nous étions descendues du car, les talons hauts de ma mère s'étaient enfoncés dans l'asphalte noir et chaud comme dans un lac de chewing-gum. Elle avait dû lever haut les jambes pour arracher ses chaussures à cette boue.

Ce jour-là a marqué le commencement de sa colère. Sa furie, comme une graine, avait été plantée cette après-midi-là. Le jour où elle avait tiré sur Maria, la graine s'était déjà métamorphosée en un grand arbre qui recouvrait nos vies de son ombre bilieuse.

Lorsque mon père était rentré cette nuit-là, il avait trouvé ses habits jetés dehors en tas sur la terre chaude et humide.

J'étais restée dans mon lit à les écouter se parler, avec des chuchotements qui ressemblaient à des cris.

Il m'avait semblé entendre ma mère dire :

— Tu étais… « quelque chose ».

J'avais cru entendre mon père lui répondre :

— Pas la peine de t'énerver.

Leurs chuchotements furieux formaient des mots et des phrases inintelligibles.

J'ai cru entendre ma mère dire :

— J'en parlerai à Dieu.

Au matin, mon père buvait son café près de la cuisinière. Il ne portait pas de chemise car tous ses vêtements avaient été jetés dehors. Je savais qu'à cette heure ils étaient déjà recouverts de minuscules fourmis noires. Il lui faudrait les secouer et enlever les insectes un par un.

— Bonjour, Ladydi, avait-il dit.

Il arborait une grosse marque sur l'épaule, entourée de traces de dents. C'était une morsure, une morsure humaine.

À partir de ce moment, ma mère n'a plus été capable d'écouter des chansons d'amour. Avant cette nuit, elle était un vrai pinson. La radio marchait toute la journée et elle se balançait et tournoyait au rythme des chansons de Juan Gabriel ou Luis Miguel, tout en faisant le ménage, en cuisinant ou en repassant les chemises de travail de mon père. Par la suite, la radio est restée éteinte et c'était comme si elle avait éteint son bonheur aussi.

— Quand j'écoute des chansons d'amour, je me sens idiote.

— Tu n'es pas idiote, Mama, ai-je dit.

— Quand j'écoute des chansons d'amour, j'ai l'impression d'avoir mangé trop de bonbons, de glace et de gâteaux. C'est comme si je revenais d'un goûter d'anniversaire.

Un jour, alors que nous étions chez Estefani, une chanson d'amour passait à la radio. La mélodie remplissait les pièces. Ma mère a été prise de panique et elle est sortie en courant de la maison pour échapper à la chanson. Elle a ensuite vomi sous un petit oranger. Elle a vomi l'air, les accords, les valses et les percussions de l'amour. Il y avait de la bile pure et verte sur le sol vert. J'ai couru après elle et lui ai maintenu les cheveux loin du visage pendant qu'elle se soulageait.

— Ton père a tué pour moi toute la musique, a-t-elle dit.

D'être à Acapulco me faisait aussi penser à la diseuse de bonne aventure qui avait prédit à ma mère le mauvais avenir. Est-ce que celui-ci incluait cet événement ? Est-ce que la tireuse de cartes lui avait prédit qu'elle tirerait sur la sœur de sa fille ?

J'ai regardé par la fenêtre du taxi tandis que nous progressions par les rues encombrées jusqu'à l'hôpital. Je détaillais les boutiques de tee-shirts, les guérites de tacos et les restaurants.

Acapulco me rappelait aussi le jour où ma mère avait fait scier son alliance par un serrurier. La plupart des gens dans le Guerrero ne portaient pas de bagues. Avec la chaleur, les mains et les doigts gonflaient, et une fois une bague glissée sur un doigt, on n'était jamais sûr de pouvoir l'enlever.

Après le départ de mon père, ma mère n'avait pas retiré sa fine alliance en or. La bague s'était incrustée et avait bientôt fait partie intégrante de son doigt, perdue dans sa chair enflée. Les soirs où il faisait frais, j'apercevais parfois la lueur de l'or dans la peau boursouflée, tandis qu'elle coupait des tomates ou des oignons en tranches.

Un jour je l'ai vue tenter d'enlever sa bague toute une matinée. Elle a essayé le savon et l'huile de cuisine, mais rien n'a marché.

Au bout de quelques heures, elle a dit :

— On va aller à Acapulco pour faire scier cette fichue bague.

— Oui, Mama.

— Et s'ils n'y arrivent pas, je me coupe le doigt et on n'en parle plus.

Ce n'est qu'une fois dans le car en route pour Acapulco que j'ai compris pourquoi elle avait pris cette décision. Sa logique biblique ne me surprenait plus. Elle avait fait un rêve.

Ma mère croyait en ses rêves comme si elle était Moïse. Elle disait que si la plupart des gens avaient des problèmes, de nos jours, c'est qu'ils n'écoutaient pas leurs rêves et n'agissaient pas en conséquence. Si elle avait rêvé de l'arrivée de sauterelles, nous aurions quitté cette montagne depuis des années. Dommage qu'elle n'ait jamais fait ce songe.

— J'ai rêvé de ma bague, m'a-t-elle dit.

Le rêve contenait une révélation importante.

— Si je n'enlève pas mon alliance, les oiseaux s'arrêteront de chanter.

Dans son rêve, elle se tenait dans l'obscurité et des perroquets, des canaris et des moineaux étaient perchés sur les branches de l'oranger. Ils ouvraient tous leur bec, la tête levée vers les cieux, mais aucun son n'en sortait.

Le serrurier avait scié la bague à l'aide d'une lime. Cela n'avait pris que quelques secondes.

— J'ai fait ça des centaines de fois, avait dit le serrurier en posant la bague, à présent coupée en deux, dans la paume de ma mère.

Elle avait contemplé les deux virgules d'or.

— Et qu'est-ce qu'on veut que je fiche de cette chose ? a-t-elle demandé.

Ce serrurier ignorait qu'il avait sauvé les oiseaux chanteurs du Mexique.

Aux urgences, le bras de Maria a été recousu et bandé. Le docteur a dit qu'elle avait eu beaucoup de chance. La balle n'avait fait que fracturer l'os du bras.

Ça avait été le jour de chance malchanceux de ma mère.

Pendant que les médecins s'occupaient de Maria, sa mère, Luz, est arrivée. Cela signifiait que ma mère lui avait tout dit.

Je n'arrivais pas à regarder Luz dans les yeux.

J'ai fixé le sol de l'hôpital en linoléum.

Je savais que c'était là un châtiment. Luz n'irait jamais porter plainte contre ma mère. Elle n'avait eu que ce qu'elle méritait. Comment avait-elle osé batifoler avec le mari de son amie ? L'heure de la vengeance avait sonné et Luz avait de la chance que sa fille soit encore en vie.

Au cinéma, ma mère aurait eu une immense révélation après avoir blessé Maria et elle aurait arrêté de boire. Au cinéma, elle aurait dédié sa vie aux alcooliques ou aux femmes battues. Au cinéma, Dieu aurait souri d'aise de voir sa repentance. Mais nous n'étions pas au cinéma.

11

À la maison, ma mère était allongée dans son lit, recouverte d'un drap en coton. La télévision était éteinte. Pour la première fois depuis des années, j'ai entendu le silence profond et assourdissant de la jungle. J'ai entendu les grillons et j'ai entendu les essaims de moustiques vrombir autour de la maison.

Sous son drap blanc, ma mère ressemblait à un gros rocher. Sur le sol, à côté du lit, se trouvaient trois bouteilles de bière vides. Inondé par le rayon de lune venu de la fenêtre, leur verre brun ressemblait à de l'or.

Je me suis assise au bord du lit.

Depuis sa caverne de drap, ma mère a gémi :

— J'ai cru que c'était ton père.

— Dors, Mama.

— J'ai vraiment, vraiment, cru que c'était ton père, a-t-elle dit encore.

La pièce était silencieuse. J'avais envie de tendre le bras, de prendre la télécommande, et d'allumer le téléviseur.

Je ne savais pas quoi faire de ce genre de silence.

Les voix de la télévision me donnaient l'impression qu'il y avait une grande fête ou que nous étions une famille nombreuse. Les voix de la télévision étaient comme des tantes et des oncles, et des frères et des sœurs.

Le silence d'une mère et de sa fille, seules dans la montagne où un crime venait d'être commis, était comme celui des deux dernières personnes sur la terre.

J'ai laissé ma mère et je suis allée dans ma petite chambre. J'ai retiré mon tee-shirt. Il était couvert du sang de Maria. J'ai aussi enlevé ma jupe et ma culotte qui étaient raides d'urine séchée, et je me suis allongée sur mon lit.

Le carnet que j'avais emporté avec les photos de Paula était toujours dans la poche de mon jean posé au bout de mon lit. Je l'ai pris et je me suis assise et j'ai commencé à lire. L'écriture était celle de Paula.

Le carnet contenait des listes de choses écrites avec un crayon à papier émoussé. Sur les premières pages, il y avait des énumérations d'animaux et de parties d'animaux. Les rangées de mots détaillaient : deux tigres, trois lions, une panthère.

Les pages suivantes présentaient des noms de femmes. Parfois il y avait des noms de famille, et parfois pas. Une des listes disait : Mercedes, Aurora, Rebeca, Emilia, Juana, Juana Arrondo, Linda Gonzalez, Lola, Leona et Julia Mendez.

Le reste du carnet était vierge, sauf la dernière page sur laquelle l'adresse de Paula était inscrite : Chulavista, Guerrero, en dehors de Chilpancingo, maison de Concha.

J'ai refermé le carnet et je l'ai glissé sous mon matelas, avec les photos. Puis je me suis allongée sur mon lit et je me suis endormie.

C'est le son de la télévision qui m'a réveillée. On retransmettait une corrida depuis la grande arène de Mexico.

Je suis restée au lit et j'ai écouté. Je ne comprenais pas pourquoi ma mère suivait cette corrida puisqu'elle avait juré, depuis des années, de ne plus en regarder. Elle avait vu un documentaire qui expliquait qu'on coupe les cordes vocales des chevaux et que c'est pour cette raison qu'ils ne hennissent pas, pas plus qu'ils ne gémissent ou crient pendant le spectacle. Sur notre grand téléviseur à écran plat, on pouvait aussi voir que les taureaux pleurent. Depuis nos montagnes, on voyait les larmes couler de leurs yeux et tomber sur le sable taché de sang et de paillettes.

Je me suis étirée et j'ai marché jusqu'à la cuisine. Ma mère était assise à la table et buvait une bière. Devant elle, une assiette de cacahuètes grillées à l'ail, saupoudrées de poudre de piment orange.

Elle a levé les yeux sur moi. J'ai eu peur. J'attendais de voir le changement. Qu'est-ce qui allait se passer ? Qui étions-nous ? Des larmes de bière jaunes lui tachaient les joues.

Paula était partie. Estefani déménageait à Mexico où sa mère pourrait être mieux suivie par les médecins. Maria ne m'adresserait plus jamais la parole. Ruth avait été volée à jamais. Et mon père était quelque part, là-bas.

Ce matin-là, la montagne était vide.

J'ai serré les poings pour ne pas compter sur mes doigts tous les gens que nous avions perdus.

Ma mère m'a regardée et a pris une gorgée de bière. Elle semblait différente. Si j'avais pu sucer son doigt, comme je le faisais quand j'étais bébé, il aurait eu le goût de mangue et de miel. Son doigt aurait eu le même goût que ces bréchets de poulets blancs devenus violets, qu'elle mettait dans un pot en verre rempli de vinaigre pour que je puisse voir les os secs et cassants devenir mous comme du caoutchouc.

Devant la porte de la maison, tous les insectes de la montagne se repaissaient du sang de Maria.

Je savais que si je sortais, ce chemin d'insectes me conduirait directement à la route.

— Maman, tu n'as rien nettoyé ? ai-je dit. Tu as laissé les fourmis s'en charger ?

Ma mère m'a dévisagée avec son nouveau visage.

— Je ne nettoie pas le sang, a-t-elle dit. Ce n'est pas mon truc.

À partir de ce jour, ma mère s'est mise à pencher la tête d'un côté, une oreille en l'air, à l'écoute de quelque chose. Je savais qu'elle guettait le bruit des bottes de cow-boy fabriquées en Amérique de mon père, qu'elle attendait qu'elles descendent du car, se posent sur la route d'asphalte bouillant, et qu'elles gravissent notre montagne, d'une démarche assurée, jusqu'à notre maison. Il dirait : Tu as tiré sur ma fille !

Assise à la table de la cuisine, ma mère m'a regardée.

— Ladydi, m'a-t-elle dit, tout cela nous prouve une seule chose. Que Maria est sortie d'une foutue photocopieuse !

Deuxième Partie

12

Le lendemain, Mike m'a prise en voiture sur le bord de la route. Il se comportait comme si rien ne s'était passé. Comme si ma mère n'avait pas tiré sur sa sœur. Comme s'il ne venait pas me chercher dans une Mustang rouge au lieu de monter avec moi dans le car, comme prévu, afin de m'accompagner à mon premier travail en tant que nounou d'un petit garçon à Acapulco.

Nous avions convenu de nous retrouver à neuf heures du matin. J'ai cru qu'il ne viendrait jamais. Des camions pleins de passagers passaient en trombe, me couvrant de poussière et de vapeurs de diesel. Les heures s'écoulaient. Finalement il est arrivé dans sa nouvelle décapotable rouge, s'est penché en avant, a ouvert la portière et m'a fait signe de monter. Il avait enfoncé les écouteurs de son iPod dans ses oreilles et s'est contenté de faire un geste.

Il avait mis le volume de la musique si fort que j'entendais une légère pulsation. Nous avons filé sur l'autoroute, lui pianotant avec ses doigts sur le volant.

À un moment, il s'est tourné vers moi et m'a offert du chewing-gum à bulles Trident. Il a fait un geste de ses deux doigts pour dire : prends-en deux. J'en ai pris deux, les ai mastiqués énergiquement et je me suis mise à faire des petites bulles qui éclataient dans ma bouche tandis que nous roulions.

Mike tenait le volant avec ses genoux pendant qu'il s'allumait une cigarette. Sur le pouce, il portait une bague en or avec un gros diamant. J'ai vu qu'il avait un Z tatoué sur son index. Ce Z a provoqué un silence en moi. Ne dis rien, ne dis rien, me suis-je dit à moi-même. Le Z est le symbole du cartel de la drogue le plus dangereux du Mexique. Tout le monde sait ça.

Mike n'avait pas l'intention de parler de ce qui était arrivé à Maria. Il était branché à son iPod et écoutait du rap, pendant que je contemplais des troupeaux de chèvres derrière la vitre. Je l'ai regardé et j'ai pensé que Maria ne lui appartenait pas, d'ailleurs, elle ne lui ressemblait même pas. À ce moment-là, dans cette voiture, j'ai su qu'elle était la personne que j'aimais le plus au monde. Je n'en avais pas été consciente avant ce moment, même lorsque j'avais tenu son bras brisé dans mes bras.

— Pas la peine de revenir, m'avait dit ma mère la veille, alors qu'elle me donnait un coup de main pour mettre mes quelques possessions dans un sac.

La femme qui m'aidait à faire ma valise était ma nouvelle mère. Je ne savais pas encore exactement quelle forme cette nouveauté allait prendre. Elle était ma mère-d'après-avoir-tiré-sur-Maria. Il allait falloir un peu de temps pour apprendre à nous connaître.

C'était devenu le but de tout le monde, de ne jamais revenir. Autrefois, il y avait une vraie communauté qui habitait dans ces montagnes. Mais tout s'était terminé quand ils avaient construit l'autoroute du Soleil qui reliait Mexico à Acapulco. Ma mère disait que cette route avait coupé notre peuple en deux. Comme une machette qui tranche un corps en deux parties. Certains étaient restés d'un côté de l'asphalte noir et gras, et d'autres de l'autre côté. Ce qui faisait que les gens devaient continuellement traverser la route. Un car avait tué la mère de ma mère alors qu'elle tentait de traverser pour apporter à sa propre mère, mon arrière-grand-mère, un pichet de lait. Ce jour-là, il y avait eu du sang et du lait blanc partout sur la route.

Au moins vingt personnes avaient été tuées en traversant l'autoroute ces dernières années. Des chiens, des chevaux, des poules et des iguanes se faisaient aussi renverser. Des carcasses de serpents écrasés décoraient la route comme des bannières rouges et vertes.

Après la mort de ma grand-mère, ma mère a conservé ses quelques objets. Ses escarpins de fête sont encore dans une boîte sous son lit. Ils ne vont à aucune de nous deux, car nos pieds sont plats et nos orteils largement étalés à force d'avoir porté des tongs en plastique toute notre existence. Les élégantes chaussures sont en satin bleu avec un joli nœud bleu sur le devant. Une célèbre actrice en aurait fait cadeau à ma grand-mère. Elle jurait que c'était Elizabeth Taylor. Ma grand-mère avait travaillé comme femme de ménage à l'hôtel Los Flamingos, qui avait appartenu à Johnny Weissmuller, l'acteur qui jouait le rôle de Tarzan. Ces escarpins en satin bleu sous le lit de ma mère sont tout ce qui nous reste de cet Acapulco romantique d'autrefois.

— Ladydi, promets-moi que tu feras bien attention de rester laide, m'a dit ma mère avant que je ne la quitte, au matin.

À la table de la cuisine, qui était un véritable autel à la bière, au thon en boîte, aux fourmis, aux paquets de chips et aux donuts industriels recouverts d'un glaçage de sucre, je lui ai promis que je ne porterais jamais de rouge à lèvres ou de parfum et que je ne me laisserais jamais pousser les cheveux, que je les garderais bien courts, comme un garçon.

— Contente-toi de marcher à l'ombre, pas au soleil, a-t-elle dit.

— Oui, Mama.

Je me suis demandé si je devais emporter les photos de Paula et son carnet avec moi et je les ai finalement mis dans mon sac. Je savais que si je les laissais ici, les insectes de la jungle les grignoteraient et l'humidité les recouvrirait bientôt de moisissure.

La construction de l'autoroute avait donc été le début de la destruction de nos familles. Les gens avaient commencé à partir pour trouver du travail et beaucoup s'étaient rendus aux États-Unis. Les frères de mon grand-père et ceux de ma mère et leurs familles étaient tous partis s'installer à San Diego. Ils étaient partis après que ma grand-mère s'était fait renverser. Ils n'avaient pas voulu regarder en arrière et nous n'avions plus jamais entendu parler d'eux. Ma mère disait que les trafiquants de drogues avaient achevé de détruire notre montagne. Aucune communauté ne pouvait survivre à autant de tragédies.

Seules étaient restées quelques femmes qui savaient encore cuisiner un iguane enveloppé dans des feuilles d'avocat.

Mike m'emmenait vers l'océan Pacifique et la climatisation m'envoyait un air frais sur le visage. C'était agréable.

Alors que nous roulions, je contemplais la pierre rose de notre montagne qu'on avait coupée afin de faire passer la route. La roche ressemblait à de la chair, à vif, rabotée et nue.

13

À la moitié du trajet vers Acapulco, Mike est sorti de l'autoroute et a pris un chemin de terre. Je l'ai dévisagé, mais il était tellement absorbé par son iPod que j'ai cru qu'il m'avait oubliée. J'ai regardé par la fenêtre et j'ai pensé à ma mère, seule dans notre montagne, buvant de la bière devant des émissions de télévision, et j'ai eu honte parce que je savais très bien que tout ce qui m'importait sur cette grosse planète bleue et ronde, c'était de retrouver mon père.

La voiture roulait vite et elle a créé un nuage de poussière autour de nous. J'ai pensé à ces publicités pour voitures dans lesquelles les véhicules quittent la route et se retrouvent sur un terrain accidenté pour montrer qu'ils peuvent aller partout. Dans le spot publicitaire, Mike et moi serions un couple portant des lunettes noires et des jeans étroits. Mes cheveux frisottés voleraient dans le vent et tomberaient en cascade dans mon dos.

Nous avons roulé environ vingt minutes sur une route bordée de palmiers jusqu'à ce que nous arrivions à une cabane délabrée avec un hamac jaune accroché entre deux arbres.

Un homme grand et chauve est sorti de la cabane au moment où Mike a éteint le moteur. L'homme est resté debout et ne s'est pas approché.

Mike a retiré ses oreillettes.

— Reste ici, sois jolie et ne sors pas de cette voiture, a dit Mike.

L'homme était si maigre que son jean tombait sur ses hanches et qu'une bande de peau brune apparaissait entre son tee-shirt bleu et sa ceinture. Ses os ressortaient et créaient des ombres de chaque côté de son corps. Ses pieds étaient nus et il portait un large chapeau de paille usé, aux bords effilochés.

Il pointait une mitraillette sur nous.

— Qu'est-ce qu'on fait ici ? ai-je demandé à Mike dans un chuchotement, comme si l'homme pouvait nous entendre.

— Ne bouge pas.

— Qu'est-ce qu'on fait ici ?

— Du calme, tais-toi.

Mike est sorti de la voiture et a levé la main en un geste qui signifiait : Arrête.

— C'est ma sœur, a dit Mike à voix haute. Hé, t'inquiète pas, mec, elle est aveugle.

L'homme m'a regardée, puis il a regardé Mike.

— Oui, oui, elle est aveugle. Elle est née comme ça.

L'homme a baissé sa mitraillette.

Mike s'est tourné vers moi et j'ai entendu le cliquetis de la fermeture de la voiture. Avec la commande à distance, il venait de m'enfermer dans la décapotable et de verrouiller aussi les fenêtres.

Mike et l'homme sont entrés dans la cabane.

À droite de la cabane, à l'ombre de palmiers, étaient garées trois Escalade noires. Il y avait aussi deux rottweilers attachés aux pare-chocs d'un de ces 4×4 avec des lanières de cuir. Les chiens haletaient dans la chaleur et leurs langues rouge foncé leur pendaient hors de la gueule.

Accrochées sur les longues feuilles charnues d'un cactus maguey, deux robes de petite fille séchaient au soleil. L'une était blanche et l'autre bleue.

Au fur et à mesure que passaient les minutes, il me semblait que le monde devenait de plus en plus silencieux. Même le bourdonnement des insectes avait disparu et j'ai commencé à cuire à l'intérieur de la voiture surchauffée et verrouillée.

Les robes qui séchaient sur le cactus me faisaient penser aux deux bras d'une fillette, minces comme des brindilles et sortant de ses manches. Les vêtements étaient presque secs et flottaient doucement dans la chaleur.

Sur le sol, près du cactus, il y avait un seau et un balai d'enfant.

Le chewing-gum Trident avait perdu son parfum rose de barbe à papa de fête foraine.

Mon esprit s'évadait en des rêveries étouffantes.

Avec le moteur coupé, la climatisation éteinte et les fenêtres verrouillées, j'avais déjà respiré tout l'air de l'habitacle. Sous mon jean, mes cuisses étaient mouillées et j'étais moite partout. J'avais soif. La tête me tournait et je me sentais comme droguée par la chaleur. J'avais des visions d'un vol de mouettes blanches survolant la cabane, les rottweilers et l'homme maigre. Dans mes rêvasseries suffocantes, je voyais les oiseaux comme des nuages et j'imaginais une petite fille dans une robe blanche qui ramassait des plumes de mouette par terre.

Au bout d'un moment, je ne savais plus si j'étais enfermée depuis dix minutes ou deux heures. Les aboiements des chiens m'ont réveillée en sursaut. Mike sortait de la cabane.

Il s'est avancé vers la voiture. Il a sorti ses clefs de son jean, a pointé la commande et j'ai entendu les fenêtres se déverrouiller. Il marchait vite, la tête baissée pour se protéger du soleil. Il a ouvert la portière et s'est glissé dans la voiture.

— Qu'est-ce qui s'est passé ? ai-je demandé.

— Tu t'es endormie ?

— Qui était cet homme ?

— Ouvre la vitre.

Mike a posé un petit sac en plastique sur le siège entre nous. Il a mis le moteur en marche, a fait un demi-tour, et nous avons rejoint le chemin de terre qui menait à l'autoroute.

Mike s'est remis à pianoter sur le volant au rythme d'une musique hip-hop qu'il avait dans la tête.

Il transpirait et des gouttes de sueur tombaient de ses cheveux dans son cou. Il a bloqué le volant entre ses genoux et a enlevé son tee-shirt en le passant par-dessus sa tête, d'un geste mille fois répété.

Il avait le numéro 25 tatoué sur son bras à côté d'une rose rouge. Assise près de lui, je sentais le parfum de cette fleur. J'arrivais à sentir la rose sur son bras comme si je me penchais vers un buisson de roses et que j'en respirais les pétales odorants.

— Alors, pourquoi est-ce qu'on t'a appelée Ladydi, hein ? Parce que ta mère aimait tellement cette princesse ? a demandé Mike.

— Non, Mike.

Je n'avais pas l'intention de lui dire que ma mère m'avait donné le nom Ladydi parce qu'elle détestait ce que le Prince Charles avait fait à Diana.

Grâce à la télévision, ma mère connaissait l'histoire sur le bout des doigts. Elle se prenait d'affection pour toute femme dont l'homme lui était infidèle. C'était là une sororité dans la douleur et la haine. Elle disait que s'il devait y avoir une sainte des femmes trompées, ce serait Lady Diana. Un jour, sur la chaîne Biographie, ma mère avait appris que le Prince Charles prétendait ne l'avoir jamais aimée.

— Il n'avait qu'à mentir ! a dit ma mère. Pourquoi est-ce qu'il n'a pas menti ?

On ne m'avait pas donné le nom de Diana à cause de sa beauté et de sa célébrité. On m'avait donné son nom à cause de sa honte. Ma mère trouvait que Lady Diana avait vécu la vraie vie de Cendrillon : des placards remplis de pantoufles de verre brisées, la trahison et la mort.

Pour l'un de mes anniversaires, j'avais reçu une poupée Princesse Diana en plastique avec une tiare. Mon père me l'avait rapportée des États-Unis. En réalité, au fil des ans, il m'avait rapporté plusieurs poupées Princesse Diana.

Mon nom avait été la vengeance de ma mère. C'était comme une philosophie. Elle ne croyait pas au pardon. Dans sa philosophie de la vengeance, il y avait toutes sortes de scénarios possibles. Par exemple, la personne de qui l'on se vengeait n'avait pas nécessairement besoin de connaître les faits liés à cette vengeance, comme dans le cas de mon père et de mon nom.

Lorsque des personnes qui me rencontraient se montraient surprises de mon prénom, et qu'elles le répétaient plusieurs fois avec douceur, je sentais presque les grains de sucre de cette douceur dans ma bouche. Je savais qu'ils comparaient mon visage à celui de Diana et qu'ils étaient tristes pour moi. Ils comparaient mon obscurité à son éclat.

Aux abords d'Acapulco, Mike a dû prendre un long tunnel qui traversait la dernière montagne, juste avant la baie. J'avais traversé ce tunnel de nombreuses fois dans des cars ou des taxis.

Quand nous avons émergé de la pénombre, la lumière éclatante de l'océan a rempli la voiture.

J'ai vu que le jean bleu clair de Mike était éclaboussé de sang.

À présent, je savais que le sang pouvait avoir le parfum des roses.

Ma mère avait vu une fois un documentaire sur la façon dont les Zetas transforment les gens en tueurs. Elle disait qu'ils attachaient les mains d'un homme derrière son dos et qu'ils l'obligeaient à s'agenouiller et à manger son propre vomi, ou le vomi de quelqu'un d'autre.

Mike et moi avons roulé dans les rues de la ville vers le vieux quartier d'Acapulco où de belles maisons délabrées des années 1940 et 1950 avaient été abandonnées. Ces dernières années, des gens avaient commencé à les racheter et à les remettre en état. Les maisons étaient construites à flanc de montagne, dans la roche, au-dessus des plages de Caleta et de Caletilla. De là, il y avait une vue sur la baie et l'île de Roqueta. Vers la droite, on pouvait voir très loin sur l'océan.

— Tu sais, a dit Mike, jusqu'à aujourd'hui ton père a toujours envoyé de l'argent à ma mère.

— Quoi ?

— Si, ton père envoie de l'argent à ma mère.

— Je ne te crois pas. Il ne nous a rien envoyé depuis des années !

— Eh bien, il envoie de l'argent à ma mère. Tous les mois.

— Je t'en prie, dis-moi que ce n'est pas vrai. Ce n'est pas possible.

— D'accord. Ce n'est pas vrai.

— Où est-ce qu'il vit ? D'où l'argent est-il envoyé ?

— De New York.

Mike s'est arrêté devant une grande maison récemment peinte en blanc et m'a déposée devant la porte.

— Vas-y. C'est ici. Descends.

Il n'est même pas sorti de la voiture. On a tendance à oublier ses bonnes manières quand on vient de tuer quelqu'un.

J'ai obéi. Je savais qu'il vaut mieux obéir aux tueurs. J'ai obéi quand il m'a tendu le sac en plastique qu'il avait apporté de la cabane et posé sur le siège entre nous. J'ai obéi quand il m'a demandé de le lui garder jusqu'à ce qu'il revienne le chercher. Je l'ai mis dans mon sac noir avec le zip cassé. J'ai obéi, obéi, obéi.

Mike a baissé sa vitre.

— Je reviendrai dans quelques jours pour reprendre le sac, a-t-il dit.

— D'accord.

— Ne va pas voler des choses.

— Je ne vole pas.

— Tu es la fille de ta mère.

— Tais-toi !

J'ai sonné à la porte. Mike était déjà parti. Il n'avait même pas attendu de voir si quelqu'un allait m'ouvrir.

Au bout de quelques minutes, une domestique habillée d'un uniforme rose pâle avec un tablier blanc, propre et amidonné, m'a ouvert. Ses cheveux raides et gris étaient tressés, attachés avec des rubans verts et ramenés sur sa tête en une couronne. Elle devait avoir à peu près soixante-dix ans. Elle avait la peau d'un brun rouge et de petits yeux marron clair. J'ai trouvé qu'elle ressemblait à un écureuil.

La femme qui se tenait devant moi était aussi un spécimen de fantôme mexicain, ou en tous les cas, ce que ma mère avait l'habitude de considérer comme tel. C'était le terme utilisé par elle pour tout ce qui était très vieux. Au fil des ans, il nous suffisait de dire le mot « fantôme » et nous savions exactement de quoi il retournait. Tout pouvait se retrouver affublé du nom : un panier, un arbre, le goût d'une tortilla ou même une chanson.

Elle m'a parlé doucement et m'a expliqué que la famille qui habitait ici était absente depuis plus d'une semaine. Elle ne savait pas quand ils comptaient rentrer. Elle s'appelait Jacaranda. Je l'ai suivie dans la maison, respirant son sillage d'huile de noix de coco et d'oranges.

Jacaranda a expliqué que la maison appartenait à la famille Domingo, constituée de M. Luis Domingo, Mme Rebeca Domingo, et de leur garçon de six ans, Alexis.

Tandis que Jacaranda me faisait visiter la maison, je sentais la présence de ma mère à mes côtés. Je l'entendais presque cracher sur les canapés en cuir blanc avec des coussins assortis. Cracher sur les tables en verre où étaient posées des ballerines de bronze en équilibre sur des socles carrés. Cracher sur le sol en marbre froid et cracher sur le carrelage immaculé de la cuisine et l'évier en inox.

Je l'entendais me dire :

— Tout cela est bien trop propre. Ça fait mal.

En détaillant le décor autour de moi, je savais qu'elle exigerait que je lui décrive tout ce que j'avais vu. Elle voudrait savoir ce que je pourrais voler pour le lui rapporter. Si elle avait pu voir cette maison, elle aurait dit :

— Prions pour qu'il y ait un peu de saleté ici.

Les fenêtres du salon ouvraient sur un jardin construit sur une falaise qui surplombait l'océan. Sous une grande bougainvillée, une statue en bronze grandeur nature d'un cheval. Sur un côté du jardin, une piscine carrelée de carreaux bleu clair en forme de tortue.

Jacaranda a ouvert une porte en verre et m'a emmenée dans le jardin, jusqu'à un chemin qui menait aux chambres du personnel. Nous avions chacun une chambre, mais partagions la salle de bains.

La mienne était meublée d'un lit pour une personne, d'une chaise et d'une petite fenêtre qui donnait sur le garage. Elle avait un fort parfum floral de détergent. Par la fenêtre j'ai vu une décapotable Mercedes blanche et une Escalade noire garées côte à côte.

Jacaranda m'a indiqué que je devrais moi aussi porter un uniforme, comme le sien. Elle m'a demandé d'aller me changer et de me rendre dans la cuisine une fois que je serais installée, afin qu'elle puisse me préparer un déjeuner.

J'ai retiré les maigres affaires de mon sac et j'ai caché les photos et le carnet de Paula, ainsi que le sac en plastique de Mike, sous mon matelas. Il n'y avait pas d'autre endroit où les mettre tant la chambre était petite.

Mon portable a sonné. C'était ma mère.

Je savais qu'elle se tenait dans la clairière, là-bas, le bras en l'air, tâchant de capter un signal. Son bras la brûlait à force de tenir l'appareil et de le changer constamment de main.

— Je suppose que c'est un endroit horrible, a-t-elle dit.

— Oui. C'est dégoûtant, ici.

— Tu es sérieuse ? C'est comment ?

— Ça va.

— Mais tu le détestes, non ?

— Oui, je le déteste.

Les mensonges allaient et venaient entre nous. La vérité, c'était que j'aimais déjà cette maison propre traversée par l'air de la mer, et que ma mère voulait déjà que je rentre.

— Reste. Fais en sorte que ça marche. Essaie.

— Oui, je vais essayer, Mama.

— Tu pourras toujours rentrer si ça ne te plaît pas.

La communication s'est interrompue. Ça arrivait tout le temps. Il fallait refaire le numéro, encore et encore. Nous savions tous que c'était la raison pour laquelle Carlos Slim, le propriétaire de la compagnie de téléphone, était l'homme le plus riche du monde. Il faisait en sorte que tout le monde, au Mexique, soit obligé de rappeler.

— Qu'est-ce qu'on est censé faire ? disait ma mère. Arrêter d'appeler nos familles ? Ne plus appeler le médecin ? Arrêter d'appeler celui ou celle, quel qu'il soit, qui serait peut-être en mesure, je dis bien peut-être, de vous aider à retrouver votre fille volée ? Bien sûr qu'on rappelle toujours !

J'ai éteint mon portable et je suis allée dans la cuisine. J'ai traversé le carrelage frais et blanc sur mes tongs rouges venues de la jungle.

Jacaranda faisait cuire des tortillas fourrées au fromage et aux piments verts. Elle m'a dit de m'asseoir à la table du petit déjeuner. Depuis la cuisine, on voyait la baie.

La table avait été mise pour trois. Il y avait même trois salières et trois poivrières à côté de grands verres en cristal remplis de citronnade avec de fines lamelles de zeste de citron.

Elle a laissé tomber des glaçons en forme d'étoiles, sortis du freezer, dans nos boissons.

Elle a posé une assiette devant moi avec deux tortillas et s'est assise. Elle a eu un peu de mal à se glisser entre la chaise et la table en verre.

— Une fois qu'on a eu des enfants, a-t-elle expliqué, le ventre a toujours envie de retrouver ses rondeurs, comme s'il se languissait des bébés.

Jacaranda a posé ses mains fièrement sur son ventre et a dit :

— J'ai eu onze enfants.

Pendant que je me restaurais, elle m'a dit qu'elle travaillait dans cette maison depuis huit ans. Avant cela, elle avait été femme de ménage dans un hôtel pendant plus de quarante ans.

— Une fois que vous avez travaillé dans un hôtel il n'y a plus rien de la nature humaine qui vous échappe.

Je l'écoutais tout en mangeant mes tortillas.

— La plupart des gens sont gentils, a-t-elle expliqué, et la plupart des femmes trompent leur mari.

Je lui ai répondu que ma mère ne serait pas d'accord avec cette information.

— Non, a insisté Jacaranda. C'est juste qu'il y a une chose que personne ne comprend. Les hommes se font prendre mais pas les femmes.

Elle m'a aussi raconté comment les gens volent absolument tout dans les chambres d'hôtel, même les ampoules électriques.

Je le savais, bien sûr. Ma mère avait passé son temps à voler des ampoules.

Jacaranda se souvenait que son premier travail consistait à arpenter les rues, à frapper aux portes et à demander à des femmes pauvres si elles voulaient vendre leurs cheveux. À cette époque, elle achetait chaque tresse dix pesos. Parfois, les femmes coupaient leur longue natte ou leur queue-de-cheval là, tout de suite, alors Jacaranda avait toujours des ciseaux bien coupants sur elle. Mais la plupart du temps, les tresses de cheveux se trouvaient déjà dans des boîtes ou des sacs, attendant dans les penderies ou les tiroirs de ces femmes.

Ça, c'était bien avant qu'on ne fabrique des cheveux synthétiques importés de Chine. C'était l'époque où les femmes portaient encore les cheveux longs. La plupart n'ont plus vraiment de très longs cheveux de nos jours.

— Oui, autrefois, les femmes se laissaient pousser les cheveux jusqu'aux genoux. J'ai travaillé pour une dame, ici à Acapulco, qui avait une petite entreprise de perruques. Les cheveux qui étaient récoltés au porte-à-porte étaient répartis en trois catégories : courts, moyens et longs. Ensuite les cheveux étaient désinfectés et teints. Puis on en faisait des perruques et des postiches. Ces postiches étaient très à la mode et étaient vendus dans une boutique du centre-ville de Mexico.

— Est-ce qu'il te reste de ces cheveux ? ai-je demandé.

— Non. Mais j'aimais bien imaginer les riches dames de Mexico dansant dans des soirées, portant les cheveux d'une Indienne Nahua du Guerrero, une Indienne qui allait pieds nus.

Un jour mémorable, Jacaranda avait acheté les tresses de cinq générations de femmes dans la même maison. La couleur allait du noir au blanc en passant par différents gris.

— Toutes les tresses étaient aussi longues que mon bras, se souvenait Jacaranda.

— C'est difficile à imaginer.

— Autrefois, je faisais de la broderie avec mes propres cheveux. Je les utilisais comme fil, dit Jacaranda.

— Ma mère utilise encore ses cheveux pour coudre un bouton ou réparer un ourlet.

— Oui, moi aussi, je faisais ça.

— Est-ce que quelqu'un d'autre habite ici ? ai-je demandé en montrant le troisième couvert mis sur la table.

— Oui, Julio, le jardinier. Il n'est pas venu aujourd'hui, mais il sera là demain.

Après le déjeuner, Jacaranda m'a fait visiter la maison.

Tandis que nous traversions les pièces, j'ai vu qu'elle mâchouillait des petits bouts de papier. La pâte blanche apparaissait entre ses dents de temps à autre. Elle m'a expliqué qu'elle avait pris cette habitude lorsqu'elle était enfant, car sa mère était trop pauvre pour pouvoir lui acheter du chewing-gum. Elle voulait faire croire à ses copines qu'elle mâchait du vrai chewing-gum et l'habitude lui était restée.

Les pièces semblaient inhabitées. Les sols étaient si propres que j'aurais pu y laisser tomber une tranche de pomme ou de pain grillé, la ramasser et la manger. Ma peau était plus sale que le sol. Une fourmi n'y trouverait pas la moindre miette pas plus qu'un scorpion, un insecte. Il n'y avait pas de toiles d'araignée et rien de personnel dans la maison, comme une veste posée sur une chaise ou un magazine roulé sur une table ou une photo dans un cadre.

La chambre de maître avait un lit *king-size* qui faisait face à une immense fenêtre donnant sur le jardin et l'océan. Au-dessus du lit, un crucifix en bois. De la chambre on accédait à une grande salle de bains avec un jacuzzi au centre et une table de massage.

L'une des portes de la chambre était fermée et nous ne l'avons pas ouverte. Jacaranda a expliqué qu'il s'agissait du dressing où ils rangeaient leurs vêtements.

— Cette porte est fermée à clé, a-t-elle dit.

À côté de la chambre se trouvait celle du garçon.

— Il est petit et ne va pas encore à l'école. Tu devras jouer avec lui.

C'était la seule pièce qui semblait un peu habitée. Il y avait des jouets partout, empilés sur tous les meubles et sur le sol. On y trouvait au moins trente animaux en peluche jetés en désordre sur le lit, comme des coussins. Sur l'une des commodes, trois grands bocaux de verre remplis de bonbons. Les M&M's rouges, jaunes et verts brillaient au soleil d'Acapulco.

Le lit du garçon avait une forme de baleine.

La pièce suivante était le salon de télévision. Il y avait un écran sur le mur qui la faisait ressembler à une salle de cinéma. Devant l'écran, deux canapés, trois fauteuils et deux grands fauteuils poires. Une collection de DVD couvrait un des murs, du sol au plafond.

— Ils adorent faire ça. Regarder des films en mangeant du pop-corn et des hot-dogs. Ils sont capables de revoir le même film encore et encore, a dit Jacaranda.

J'avais déjà vu cette maison à la télévision.

Je n'avais jamais foulé un sol en marbre auparavant, c'était comme marcher sur de la glace, mais je l'avais vu. Je ne m'étais encore jamais assise à une table parfaitement mise, avec deux fourchettes, deux couteaux, une cuillère pour la soupe, et une serviette en tissu repassée, mais je l'avais vu. Je n'avais encore jamais utilisé une salière ou contemplé des glaçons en forme d'étoiles dans mon verre, mais tout cela je l'avais déjà vu.

J'ai su alors que si j'allais voir les pyramides d'Égypte elles me sembleraient familières. J'étais sûre que je serais capable de monter à cheval ou de conduire une Jeep lors d'un safari en Afrique. Je saurais préparer des lasagnes ou attraper un veau au lasso.

Je me rappelais la violence et les catastrophes que j'avais pu voir à la télévision et qui avaient contribué à construire mon savoir télévisuel.

Lorsque je pensais à tout cela, j'avais le goût du lait aigre dans la bouche, celui qui restait sur la table trop longtemps, dans la chaleur de la jungle. Oui, une inondation pouvait m'être familière. Un accident de voiture aussi. Un viol tout autant. Oui, je pourrais être en train de mourir et même l'idée de mon lit de mort pourrait m'être familière.

Puis j'ai pensé à Mike, au ranch, et au sang éclaboussé sur ses vêtements et, même si je n'étais pas entrée dans la cabane délabrée, j'ai su ce qui était arrivé.

J'avais déjà vu toute ma vie à la télévision.

14

La première nuit dans ma chambre de bonne, je suis restée allongée dans mon lit et j'ai regardé par la minuscule fenêtre qui donnait sur le vaste garage et les voitures. Il n'y avait rien d'autre à regarder.

Une odeur d'essence remplissait la pièce. C'était comme dormir dans une station d'essence Pemex.

Je n'avais pas à m'en faire question insectes. Toute la maison sentait le citron pourri à cause des perpétuelles fumigations.

Cette nuit-là, une seule question refusait de me laisser en paix. Je me suis demandé si Maria savait à présent. On avait dû lui expliquer la raison pour laquelle Dieu l'avait punie avec un bec-de-lièvre. C'était la malédiction en réponse à l'infidélité de sa mère avec mon père. Quelqu'un lui avait certainement dit la vérité et expliqué pourquoi ma mère lui avait tiré dessus.

Maria, à cette heure, regardait-elle son visage dans le miroir ? Est-ce qu'elle y voyait celui de mon père ?

J'aurais voulu savoir si ce que Mike m'avait dit était vrai. Si mon père envoyait vraiment de l'argent à la mère de Maria. Si jamais ma mère l'apprenait, elle le retrouverait. Sûr et certain. C'en serait fini de lui.

Je pensais à toutes ces choses, allongée sur le matelas sous lequel j'avais caché les photos et le carnet de Paula, et le sac en plastique de Mike qui contenait une brique d'héroïne.

Avec une brique, on faisait cinquante sachets.

15

Dès le lendemain matin, Julio, le jardinier, est entré dans la maison et je suis tombée amoureuse.

Il est entré directement dans mon corps.

Il a escaladé mes côtes et est entré en moi. J'ai pensé : Dis une prière pour les échelles.

J'avais envie de respirer son cou et de poser ma bouche sur la sienne et de le goûter et de le tenir contre moi. J'avais envie de sentir l'odeur du jardin et de l'herbe et des palmiers, de sentir le parfum des roses, des feuilles et des fleurs de citronnier. Je suis tombée amoureuse du jardinier et il s'appelait Julio.

J'ai passé la matinée à le suivre partout dans le jardin. Il taillait, creusait, coupait. Il frottait des feuilles de citronnier entre ses doigts et les respirait. Il a pris quelques graines plates et argentées dans la poche arrière de son jean et les a plantées dans la terre. Il utilisait de longs ciseaux pour couper l'herbe.

Au bout d'une heure il est allé chercher une échelle dans le garage afin de tailler la bougainvillée rose qui poussait sur un mur et aussi près du cheval en bronze grandeur nature. Tandis qu'il coupait les branches qui avaient trop poussé, du pollen jaune s'éparpillait dans l'air, et les fleurs, comme des pétales de papier, recouvraient le sol.

Julio avait vingt ans et des poussières. Il avait la peau très brune à force de travailler au soleil toute la journée. Il avait une petite coupe afro qui se dressait sur sa tête comme une couronne noire, et des yeux marron clair.

Julio se montrait bon avec les fleurs et les feuilles. Il tenait les roses dans le creux de sa main, comme s'il en était honoré. Il entortillait des tiges grimpantes entre ses doigts, comme des mèches de cheveux. Il faisait attention quand il marchait sur l'herbe, comme s'il avait peur que les brins les plus fragiles se cassent ou même s'aplatissent sous son poids.

Les plantes, jusque-là, avaient toujours représenté pour moi quelque chose à combattre. Les arbres étaient pleins de tarentules. Les lianes étouffaient tout. De grosses fourmis rouges vivaient sous les racines et des serpents se cachaient sous les plus jolies fleurs. J'avais aussi appris à me tenir éloignée des zones de jungle étrangement brunes et desséchées, qui mouraient sous l'herbicide répandu par les hélicoptères. Le poison continuerait de brûler la terre pendant des décennies. Dans notre montagne, tout le monde rêvait de la ville et du béton, là où aucun insecte ne pouvait survivre. Nous n'aurions jamais pu imaginer que quelqu'un puisse vouloir un jardin.

Parce que j'étais amoureuse de Julio, les voitures et les camions qui passaient dans la rue faisaient le bruit d'une rivière. Les gaz d'échappement des cars sentaient la fleur et les ordures pourries qui attendaient depuis cinq jours devant la porte avaient un doux parfum. Les murs en béton devenaient des miroirs. Mes vilaines petites mains se métamorphosaient en étoiles de mer.

Pendant toutes ces heures où je suivais Julio partout, il ne me parlait jamais.

Après le départ de Julio, chaque soir, je m'asseyais dans ma chambre et je priais. Je priais pour que le merveilleux jardin de bougainvillées, de roses, de tonnelles, de citronniers et de magnolias se dessèche, et pour que la pelouse soit envahie par les mauvaises herbes.

Je priais pour que Julio soit obligé de venir tous les jours pour soigner son jardin malade.

Un soir, très tard, alors que je m'étais endormie, mon portable a sonné. C'était ma mère. Elle était furieuse.

Je ne savais pas si elle était saoule, mais je savais qu'elle était là-bas toute seule, dans la clairière, la nuit, et qu'elle hurlait dans son téléphone. La connexion était mauvaise. Je me suis mise à crier à mon tour, comme si ma voix pouvait voler dans les rues de la ville, pardessus les montagnes, le long de l'autoroute et jusqu'à son oreille.

Entre la mauvaise connexion et ses cris, je n'arrivais pas à comprendre ce qu'elle voulait.

— Qu'est-ce que tu fabriques toute seule là-haut à Delphes ? Il est tard. Il fait nuit. Rentre à la maison ! ai-je crié.

— Tu l'as volé ! Tu l'as pris et tu ne m'as même pas demandé la permission !

— Qu'est-ce que j'ai pris ?

— Ne te moque pas moi ! Tu le sais très bien !

— Mais quoi ?

— Tu sautes dans un car et tu me le rapportes immédiatement !

Cette conversation a fait quelques allers et retours jusqu'à ce que finalement nous soyons coupées. Je n'ai jamais su quelle était la chose qu'elle m'accusait de lui avoir volée. Elle n'a jamais rappelé.

J'ai fermé les yeux et imaginé la suite. Ma mère qui jurait et éteignait son téléphone. Qui se jetait dans la jungle en direction de notre petite maison, les orteils agrippés aux bords de ses tongs, s'accrochant aux semelles en plastique comme les serres d'un perroquet sur une branche. Je la voyais trébucher et glisser.

J'ai prié pour qu'il n'y ait pas de lune, pour que ce soit la nuit la plus noire. Qu'elle soit perdue et qu'un scorpion lui pique la main et qu'elle s'effondre contre un arbre. Mais la prière à l'envers ne l'était jamais assez.

Lorsque j'étais arrivée, Jacaranda m'avait donné deux uniformes. Alors, comme elle, je portais une robe rose et un tablier blanc par-dessus.

Le lendemain matin, lorsque je suis entrée dans la cuisine, Jacaranda était déjà debout et faisait du café. Elle m'a proposé une assiette d'œufs brouillés agrémentés de tranches de saucisses.

Je lui ai demandé quand nos employeurs allaient revenir, mais elle n'en avait aucune idée. Ils n'étaient normalement partis que pour le week-end pour rendre visite à des parents à Nogales, dans l'État du Sonora.

Au fil de la matinée, elle m'a parlé de la famille pour laquelle nous travaillions.

M. Domingo possédait un ranch dans le Coahuila, très au nord, juste en face de la frontière à Laredo. Le ranch était réputé pour ses énormes cerfs à queue blanche. Tous les animaux venaient de sa propriété.

Au mois de janvier dernier, Jacaranda s'était rendue au ranch pour la première fois. D'un côté de la maison se trouvait un grand pré entouré d'une clôture et rempli de cerfs. Derrière l'habitation, il y avait des cages qui contenaient de vieux lions et tigres que M. Domingo rachetait à des zoos.

— Des Américains riches aiment venir chasser là-bas, a dit Jacaranda. Tuer un cerf coûte deux mille dollars.

— Ça paraît si peu.

— Peu ? Qui sait ? Les oiseaux étaient gratuits. Les singes aussi.

— Ils avaient des singes ?

— Personne n'avait envie de tuer les singes, a-t-elle dit.

— Ah bon ? Pourquoi ?

— Pourquoi tuer quelque chose de gratuit ?

Pendant son séjour, un groupe d'hommes d'affaires du Texas avait loué le ranch pour une chasse.

Le grand salon du ranch était décoré d'un tapis en peau d'ours blanc et des dizaines de têtes de cervidés ornaient les murs. Les larges tabourets de bar étaient faits de pieds d'éléphants. Les lampes, de pattes de cerfs qu'on avait évidées avec une longue perceuse pour pouvoir y faire passer des fils électriques.

Jacaranda a dit que M. Domingo aimait se rendre en Afrique pour chasser une fois par an et que, pendant qu'elle était restée là-bas pour travailler, deux grandes malles étaient arrivées à la maison remplies d'animaux morts, aplatis comme des vêtements, et qui avaient été empaillés par la suite.

C'était le travail de Jacaranda de nettoyer les yeux en verre de tous les animaux dans la pièce.

— M. Domingo aime que les yeux brillent et ressemblent à des vrais, a-t-elle dit.

Deux fois par semaine, Jacaranda devait remplir un seau d'eau et de javel et, à l'aide d'un chiffon, debout sur une échelle, elle devait nettoyer les yeux pour qu'ils brillent et retrouvent l'éclat de la vie. Elle disait qu'elle cherchait le trou par où la balle avait pénétré dans l'animal, mais que les peaux étaient recousues si parfaitement qu'elle ne le trouvait jamais.

Jacaranda décrivait Mme Domingo comme une femme sympathique, d'une vieille famille du Sonora. Contrairement à son mari, elle était raffinée et élégante. Mme Domingo détestait vivre à Acapulco et elle se disputait souvent avec M. Domingo à ce sujet. Elle passait le plus clair de son temps à regarder des films.

— Elle n'aime pas faire du shopping ou se rendre dans les salons de beauté, comme les autres femmes. Elle reste à la maison et regarde des films et joue avec son fils, a dit Jacaranda. De toute façon, M. Domingo n'aime pas les voir quitter la maison.

M. Domingo était né à Acapulco et son père, mort il y a quelques années, était propriétaire d'un petit hôtel, dans lequel Jacaranda avait travaillé autrefois.

— Voilà comment je me suis retrouvée ici. J'avais déjà travaillé pour la famille à l'hôtel, à faire les chambres.

Après le petit déjeuner, je suis sortie dans le jardin pour attendre Julio, pour pouvoir le suivre partout et le regarder travailler.

Depuis le jardin on apercevait l'océan et, ce jour-là, j'ai vu deux grands bateaux de croisière entrer dans le port. Plusieurs petits bateaux sont partis d'un quai pour prendre les passagers et les emmener à Acapulco pour qu'ils fassent les magasins.

Lorsque Julio est arrivé, je l'ai collé et je l'ai regardé travailler. Il acceptait mon adoration en silence. Je ne savais pas me comporter autrement. Je l'aimais, je le désirais et rien ne m'avait préparée à cette dévotion.

Je mourais d'envie qu'il me donne un ordre, qu'il me dise : Apporte-moi un verre d'eau.

J'attendais qu'il me dise : Tiens-moi les sécateurs pendant que je déplace l'échelle.

Je voulais qu'il me donne des instructions.

Je voulais lui obéir.

Je voulais me mettre à genoux devant lui.

Nous nous déplacions dans le jardin muet et tombions peu à peu amoureux au milieu des bruits de choses que l'on taille et que l'on plante.

Chaque jour, Jacaranda et moi nous levions, faisions notre toilette et revêtions nos uniformes roses, avec les tabliers blancs et propres. Elle portait des chaussures d'infirmière blanches et moi mes vieilles tongs rouges.

Chaque jour nous préparions tout pour l'arrivée de nos patrons. Chaque jour, nous nettoyions la maison et Julio enlevait les feuilles mortes de la piscine avec une épuisette.

L'argent qu'on avait donné à Jacaranda pour tenir la maison et acheter de la nourriture s'épuisait doucement mais sûrement. Nous avons mangé tout ce qu'il y avait dans la réserve. Un jour, nous avons fait un repas de tortillas fourrées au caviar, servies avec de la sauce tomate épicée.

Nous n'avons jamais touché aux bouteilles de champagne ni aux caisses de vin.

Un jour, Jacaranda, Julio et moi buvions de la citronnade dans la cuisine lorsque Jacaranda a annoncé :

— Il faut que je vous dise quelque chose que j'ai appris hier.

— Qu'est-ce que c'est ? a demandé Julio.

— Nous nous en doutions tous, mais maintenant j'en suis sûre : Ils ne vont jamais revenir dans cette maison. Ils ont tous été tués sur une autoroute près de Nogales il y a plusieurs mois de cela.

— Personne ne va revenir, alors ? a dit Julio.

— Est-ce que le garçon a été tué aussi ? ai-je demandé.

— C'est ce qu'ils ont dit aux informations. Il a fallu tout ce temps pour être sûr de leur identité. Ils en avaient beaucoup.

Nous savions tous que le Mexique était plein de maisons vides où personne ne rentrait jamais.

— Je vais rester ici, a dit Jacaranda, en attendant de trouver un autre travail.

— Moi aussi, a dit Julio.

— Moi aussi, ai-je dit.

Julio s'accommodait de ma présence. Il s'occupait toujours du jardinage, parce que, disait-il, il le faisait par respect pour le jardin, de toute façon. Je lui tenais ses ciseaux, et c'était comme si je lui tenais la main. Les sacs de feuilles mortes, l'échelle, les sécateurs, le râteau et l'épuisette pour la piscine sont devenus, pour moi, des parties de son corps.

Un jour, je l'ai suivi dans le garage. Il avait besoin d'engrais à saupoudrer au pied du magnolia. Les sacs d'engrais étaient entassés à côté de l'énorme réservoir d'essence qui avait même une pompe, comme dans les vraies stations-service.

Une seule allumette, une petite étincelle pouvaient faire exploser la maison, a dit Julio, tandis que j'entrais dans le garage sombre et étouffant sur ses talons.

Une fois dans le garage, Julio est venu contre moi. Le poids de son corps m'a poussée contre la Mercedes et j'ai senti la poignée de la portière dans le creux de mes reins.

Il m'a attrapée, fait pivoter et a ouvert la portière. Il m'a poussée à l'intérieur de la voiture jusqu'à ce que je me retrouve allongée sur la banquette, mes jambes à l'extérieur. L'habitacle sentait le cuir et le parfum. Julio a retroussé mon uniforme rose sur mes cuisses jusqu'à ma taille et a descendu ma culotte en la roulant sur mes jambes. J'ai entendu mes tongs tomber par terre.

Après cela, Julio a emménagé dans la maison. Il passait la matinée dans le jardin. Il taillait les plantes, tondait la pelouse ou mettait des produits chimiques dans la piscine. L'après-midi, nous regardions des films.

Au début nous avons dormi dans ma petite chambre de bonne, dans mon lit étroit. Mais après quelques jours, nous nous sommes installés dans la chambre de maître où nous avons dormi dans le lit *king-size* et profité du jacuzzi. Ça ne gênait pas Jacaranda, qui avait pris ses quartiers dans la chambre d'enfant et dormait dans le lit en forme de baleine.

Dans la salle de bains, j'aimais inventorier le contenu de chaque tiroir de la coiffeuse de Mme Domingo. Dans un de ses tiroirs, il y avait au moins cinquante rouges à lèvres. Dans un autre, elle gardait plus de vingt bouteilles de parfum différentes. J'ai tout essayé. Je me recouvrais le corps d'une crème à l'orchidée, et sur mes genoux et mes coudes, j'en mettais une à la poudre d'or. Je portais aussi son parfum Chanel N°5.

Sous le lavabo, j'ai déniché une boîte à bijoux. Elle était cachée dans une serviette et n'était pas fermée à clé. À l'intérieur se trouvaient deux gros colliers en or, une montre Rolex en or, et une bague avec un très gros diamant. J'ai mis la bague à mon doigt et elle m'allait parfaitement. Je ne l'ai plus jamais enlevée.

À présent que nous étions amants, Julio me parlait et j'ai appris des choses sur sa vie. Il avait une curieuse façon de raconter. Il disait chaque chose deux ou trois fois, mais chaque fois d'une manière différente. J'ai peu à peu compris le rythme de sa conversation, que j'imaginais être celui des gens du Nord du Mexique.

— En fait, je n'en fais qu'à ma tête, disait-il. Qu'est-ce que tu veux que je te dise ? J'ai été pris dans la rivière comme un rat. Je suis ce genre d'homme. Oui, j'ai tué quelqu'un. Je suis comme ça.

Il m'appelait Princesse Ladydi.

— Il n'y en a qu'une comme toi, disait-il. Pour toi je cirerais mes chaussures. Pour toi je resterais dehors sous la pluie pendant cinq heures. Juste pour toi, Princesse Ladydi.

J'ai décidé de ne pas lui dire pourquoi ma mère m'avait donné le nom de la princesse, parce que je ne voulais pas risquer de me faire de la peine toute seule.

— J'ai traversé la rivière, mais j'ai été rattrapé sur la rive. Le garde qui me surveillait a regardé ailleurs et m'a ouvert la voie, a dit Julio.

Julio avait tué un policier de la patrouille américaine des frontières. Voilà pourquoi il était jardinier à Acapulco et non pas en Californie.

Julio travaillait autrefois au ranch de M. Domingo et avait grandi dans la ville de Nuevo Laredo. Quand il avait tué le policier, il était revenu au Mexique. M. Domingo l'avait aidé à s'éloigner le plus possible de la frontière américaine. Il avait donné à Julio un travail de jardinier dans sa propre maison d'Acapulco. Julio disait que M. Domingo ne détestait rien autant que la patrouille des frontières des États-Unis.

— J'ai dû apprendre à vivre comme si je m'étais noyé dans la rivière. J'ai dû me montrer pour pouvoir disparaître. Me remplir d'eau et flotter au large jusqu'à la mer. Tous les policiers des frontières pensent que je me suis noyé dans le Rio Grande, ou le Rio Bravo comme on dit chez nous, a dit Julio.

À présent je comprenais pourquoi Jacaranda nous laissait tranquilles. Julio avait tué quelqu'un de ses propres mains. Elle savait que Julio avait serré le cou de ce garde et qu'il l'avait tordu comme on arrache une jeune branche d'arbre.

Pendant six mois nous avons vécu ensemble dans la maison, attendant que quelque chose se passe. Cette attente me rappelait les moments quand, enfant, j'étais malade et que les jours s'égrenaient sans que je sache quand j'allais pouvoir retourner à l'école. Une fois, j'étais allongée dans un hamac avec une forte fièvre. Pendant des jours, ma mère m'avait bercée dans ce hamac et avait chassé les mouches de mon corps jusqu'à ce que son bras lui fasse mal. Dans nos montagnes, chasser les mouches pour quelqu'un est la chose la plus gentille, la plus aimante que l'on puisse faire. Lorsque je regardais des documentaires sur l'Afrique, j'étais vraiment retournée de voir des mouches se désaltérer aux yeux des enfants. Personne ne semblait les chasser, pas même les gens qui filmaient. Ce cameraman de National Geographic se contentait de filmer ces mouches qui buvaient littéralement les larmes des enfants.

Une fois, j'ai dit à Julio que j'en avais assez d'être enfermée dans la maison. Alors il a organisé un petit voyage d'une journée pour nous.

C'était la première fois que je quittais cette maison depuis mon arrivée. J'ai enlevé mon uniforme de domestique et remis mon jean et mon tee-shirt. Je n'avais pas porté ces vêtements depuis le jour où j'étais venue avec Mike. Je sentais que mon corps, dans mes anciens vêtements, n'était plus le même. C'était le résultat d'avoir marché sur du marbre plutôt que sur des chemins de terre, d'avoir dormi dans de l'air frais sous des piles de couvertures et d'être aimée, nuit après nuit, par Julio.

Nous avons descendu la colline depuis la maison de marbre jusqu'à la plage de Caleta.

Julio me tenait par la main.

— Tu es ma petite fille, disait-il. Ne lâche pas ma main.

Il aimait me traiter comme une gamine. Je m'attendais presque à ce qu'il sorte un kleenex de sa poche pour m'essuyer le nez. Il se comportait comme quelqu'un qui emmène un enfant à la boutique de bonbons. J'adorais être son petit bébé chéri et alors je sautillais à ses côtés et j'oubliais qu'il était un tueur.

Julio a acheté des billets pour une traversée de la baie jusqu'à l'île de Roqueta dans un bateau à fond de verre. En réalité, Julio n'avait aucune envie que je voie la plage, l'océan ou l'île. Il ne voulait pas que je visite le zoo avec son vieux lion dont le rugissement, les jours sans vent, s'entendait de l'autre côté de la baie. Julio voulait juste que je voie la statue en bronze de la Vierge de Guadalupe, qui est au fond de l'eau, immergée dans l'océan. On l'appelle la Vierge de la Mer.

— Maintenant tu vas voir la mère des eaux, a-t-il dit. Elle protège les naufragés et les pêcheurs. Les noyés aussi.

La ligne de flottaison du bateau était basse, comme pour un grand canoë. Julio et moi nous sommes penchés et avons regardé à travers le verre. Nous pouvions voir tout ce qui se passait sous le bateau. Après un moment, nous avons vu sa silhouette sous les vagues.

Le monde sous-marin nous apparaissait à travers la vitre teintée du bateau. La vierge était d'un vert bouteille dans la lumière verdâtre, avec une couronne sur la tête. Elle était entourée de poissons. Des escargots de mer avaient colonisé ses épaules. Elle était aussi un porte-bonheur. Des pièces de monnaie luisaient et scintillaient autour d'elle, dans le sanctuaire, argentées sur le sable.

Tandis que nous nous balancions au-dessus de la statue au gré des vagues, Julio a dit :

— Nous devrions faire une prière.

Il a penché la tête et a joint les mains.

— Plus j'avance et plus je trouve. Et plus je trouve, plus je cherche, a-t-il dit tout haut. Amen.

— Tu pries toujours à voix haute ?

— Et toi, tu vas prier ? a-t-il demandé.

Plus tard, cette nuit-là, dans le lit *king-size*, Julio m'a prise dans ses bras.

— Il fallait que je te montre que je suis un noyé. Comme elle, comme Marie, qui dort dans la mer toute la nuit, dans le noir si noir. Tout le monde me croit au fond de la rivière. Ma mère aussi. C'est trop dangereux pour moi d'être vivant. Je ne peux pas rêver la nuit. Il y a une grosse différence entre vivre dans l'obscurité éclairé par une bougie et vivre dans l'obscurité avec une lampe électrique. J'ai la lampe électrique, mais je voudrais avoir une bougie.

— Ta mère aussi te croit mort ?

— Oui. Tout le monde prie pour moi.

— Tu ne peux pas le lui dire ? Il faut qu'elle sache que tu es ici.

— Ma famille se souvient que j'étais le meilleur coureur, celui qui sautait le plus haut. Je gagnais toutes les courses. J'étais toujours le vainqueur. J'aurais dû semer ce policier. Mais je ne l'ai ni vu ni entendu. Ma mère dit certainement : Julio ne se laisserait jamais prendre. Il préférerait se noyer. Et c'est ce que j'ai fait. Tu aimes un noyé, Princesse Ladydi. Quand tu m'embrasses, tu ne sens pas le goût de la rivière ? Ils ont mis une croix pour moi, une croix blanche, à l'endroit où j'ai traversé.

— Avec ton nom dessus ?

— Pour la police américaine, cette croix blanche en bois est la meilleure preuve que je suis mort. C'est mon dossier du FBI. Pense que cette croix blanche sur les rives du fleuve, avec ses fleurs en plastique, prouve au FBI que ma famille me croit mort.

— Avec ton nom dessus ?

— Mon nom n'est pas Julio.

Depuis la grande fenêtre de la chambre de maître dans la maison de marbre, on pouvait voir, au-delà du jardin et du cheval de bronze, la baie toute scintillante des lumières de la nuit. Lorsque j'ai regardé vers l'océan, cette nuit-là, après notre excursion, je savais qu'une vierge habitait sous cette eau bleue.

Comme je n'avais jamais vécu dans un climat froid, j'adorais fermer la porte et les fenêtres et monter la climatisation au maximum, jusqu'à ce que la chambre soit glacée. Je me mettais à claquer des dents. On aurait dit qu'elles allaient se briser les unes contre les autres. Je n'avais jamais connu un tel froid. J'adorais ça. J'aimais même la douleur.

— C'est le pôle Nord dans cette chambre ! disait Julio.

Il ne m'a jamais demandé d'éteindre la climatisation.

Je rassemblais toutes les couvertures que je pouvais trouver dans la maison et je les entassais sur le lit. Je n'avais encore jamais dormi dans une chambre froide, sous des couvertures.

— C'est parce que tu as grandi dans la jungle, a dit Julio. Moi, j'ai grandi non loin du désert où il peut faire très froid.

La nuit, dans notre igloo d'Acapulco, Julio m'a fait part de sa philosophie.

— La vie est dingue, elle est souvent en panne, sens dessus dessous, l'envers est à l'endroit, le sel est mélangé au sucre, c'est un endroit où les noyés marchent parfois sur le sable sec, a-t-il dit. Comme les plus grands hors-la-loi, je sais que je mourrai jeune. Je ne pense jamais à la vieillesse. Ce n'est même pas imaginable pour moi.

— Tu m'as apprivoisée, ai-je répondu.

J'ai pris sa main sur l'oreiller et j'ai emprisonné mon poignet dedans.

Julio pensait que les gens se divisaient en deux catégories : ceux du jour et ceux de la nuit. Que les mots pouvaient être répartis de la même façon. Il y avait les mots de la nuit qui étaient laids, comme rage et nausée. Et les mots de la nuit qui étaient beaux, comme lune, lait et papillon de nuit.

Lorsque Julio et moi bougions sous les couvertures, des étincelles électriques s'allumaient et illuminaient notre lit.

Nous n'avions jamais rien vu de semblable auparavant, si ce n'est dans le ciel.

Nous faisions l'amour sous la couverture, dans la foudre et les éclairs de la laine.

16

Les appels téléphoniques de ma mère apportaient invariablement des nouvelles de notre montagne. Estefani et ses frères et sœurs n'étaient jamais revenus de Mexico après que leur mère, Augusta, était morte du sida. Sofia, leur grand-mère, qui tenait la supérette OXXO à la station-service Pemex, avait plié bagages pour aller s'occuper de ses petits-enfants orphelins.

Ma mère m'avait dit que Paula et sa mère avaient vraiment disparu. Plus personne n'avait plus jamais entendu parler d'elles.

Je savais aussi que la blessure par balle de Maria avait cicatrisé, et qu'elle et sa mère vivaient toujours dans notre montagne.

— J'ai attrapé la maladie du malheur, a dit ma mère.

— Oh, Mama, ne dis pas ça.

— Je me sens toute retournée à l'intérieur.

Cela voulait dire que je lui manquais, mais elle ne le disait jamais.

Certains matins, Julio et moi sortions dans le jardin et nous finissions par y passer la journée entière.

Il me hissait sur le cheval de bronze et je le chevauchais.

17

Sept mois avaient passé dans la maison de marbre vide.

Un jour, ma mère a appelé. Elle était en colère. Cela faisait des jours qu'elle essayait de me joindre.

— Pourquoi est-ce que tu ne répondais pas ? a-t-elle demandé. Merde, j'ai appelé et appelé ! Alors tu m'as oubliée, hein ? C'est ça qui s'est passé ?

— Je suis là.

— Si je ne t'avais pas trouvée aujourd'hui, je venais directement à Acapulco.

— Je t'en prie, calme-toi. Tu exagères. On s'est parlé il y a une semaine.

— Il est arrivé quelque chose. Il n'arrive jamais rien ici et maintenant il est arrivé quelque chose.

— Quoi ?

— Écoute.

— J'écoute, Mama.

— Tu m'entends ?

— Oui, je t'entends très bien.

— Mike a été arrêté. Ils l'ont emmené à Mexico.

— Pourquoi Mexico ?

— Ils disent qu'il a tué un homme. Ils disent même qu'il a tué une petite fille !

— Quoi ?

— Mike dit que tu étais avec lui. Vous étiez dans un car.

Je m'en souvenais. Les robes d'une fillette séchaient au soleil sur les feuilles du cactus. Il y avait des plumes de mouettes sur le sol.

Je n'arrivais même pas à avaler ma salive. Elle stagnait dans ma bouche, de plus en plus abondante, jusqu'à ce que je sois obligée de la cracher dans ma main.

— Mike dit que tu étais avec lui, que vous étiez dans un car.

Je tenais le téléphone d'une main et gardais ma salive dans l'autre.

— Il faut que tu viennes ici tout de suite, a dit ma mère. Ils veulent que tu sois à Mexico pour témoigner. Mike dit que tu peux le blanchir. Ce sera rapide. Dis-leur simplement la vérité ! Il dit que tu sais ce qui s'est passé.

J'avais fait ce rêve dans la voiture. J'étais avec Maria, ma sœur chérie qui ressemblait comme deux gouttes d'eau à mon père. Dans mon rêve je l'appelais « sœur », « petite sœur ». Mon rêve me disait qu'elle était la personne que j'aimais le plus au monde. Je ne m'en étais pas rendu compte avant, même lorsque j'avais tenu son bras brisé et en sang. Le mot « sœur », dans mon rêve, m'avait réveillée, comme si j'avais entendu le bruit d'un pétard ou d'une balle. D'un craquement, le mot « sœur » m'avait sortie de ma torpeur. Des mouettes blanches volaient au-dessus de la cabane et des rottweilers et de l'homme maigre. Les oiseaux étaient peut-être des nuages. Une fillette en robe blanche ramassait des plumes par terre. Le dessin de la rose rouge tatoué sur la peau de Mike remplissait la voiture d'un parfum de rose. Je lui avais obéi lorsqu'il m'avait demandé de lui garder la drogue. J'avais obéi et mis la brique d'héroïne dans mon sac noir avec son zip cassé. J'avais obéi.

— Je ne t'entends plus, Mama. Je te rappellerai.

J'ai raccroché.

Je n'étais pas obligée de faire mon sac et de monter dans ce car pour Mexico. Je n'étais pas obligée de me retrouver sur cet asphalte si familier, si usé, constellé d'ordures éparpillées, de gants perdus, de préservatifs usagés et de vieux paquets de cigarettes.

Rien ne m'obligeait à partir sur cette autoroute que ma grand-mère avait tenté de traverser en portant un pichet de lait. Cette route qui avait toujours été une rivière de sang et de lait blanc, mêlés à de l'essence de voiture.

Rien ne m'obligeait à partir sur cette route qui avait tué au moins vingt personnes depuis ma naissance, sans parler des chiens, des moutons, des chèvres, des chevaux, des poules, des iguanes et des serpents.

Rien ne pouvait me forcer à prendre cette autoroute tachée du sang de la blessure de Maria.

Non.

Je n'ai parlé de l'appel de ma mère ni à Julio ni à Jacaranda.

C'était comme si mon corps était encore vert à l'intérieur, comme les bûches trop jeunes que le feu n'arrive pas à brûler. Je me sentais trop verte pour être lâchée dans le monde.

Je ne possédais même pas une paire de chaussures.

Trois jours plus tard on a frappé à la porte.

Julio, Jacaranda et moi étions dans la cuisine en train de petit-déjeuner.

Personne n'avait jamais frappé à cette porte. On a frappé de nouveau, puis appuyé sur la sonnette. Ce n'était pas vraiment une sonnerie, car la personne à l'extérieur a laissé son doigt sur le bouton en plastique. La cloche a hurlé à travers la maison comme une sirène.

Julio s'est levé, a quitté la maison et s'est enfui dans le jardin. Jacaranda et moi sommes allées voir à la porte. Elle était grande ouverte.

Dans l'entrée se tenaient trois policiers. Leurs visages étaient dissimulés sous des masques de ski en laine et ils portaient des mitraillettes. Ils venaient pour moi. Ils voulaient fouiller la maison.

— Oui, entrez, a dit Jacaranda.

Les policiers nous ont obligées à rester avec eux pendant qu'ils visitaient toutes les pièces. Lorsqu'ils sont arrivés à la chambre de maître, ils ont fracturé la porte du dressing que nous n'avions jamais ouverte.

Là où je m'attendais à voir des robes luxueuses, des chemisiers et des pulls magnifiques et des robes du soir en soie à paillettes ou en velours se trouvait une grande remise. Au lieu d'escarpins en satin à talons hauts et de manteaux de fourrure, elle contenait des centaines de fusils d'assaut, des milliers de cartouches, de la dynamite, des grenades et des dizaines de gilets pare-balles empilés. Il y avait même plusieurs revolvers, emmaillotés comme des bébés, dans des drapeaux américains.

Julio et moi avions fait l'amour à deux doigts d'un carnage.

La première chose qu'a faite le policier dans ma petite chambre a été de soulever le matelas.

Les paroles de ma mère me sont revenues à travers les collines, par la route et sont entrées en moi :

— Seule une idiote cache des choses sous un matelas !

Les policiers ont saisi la brique d'héroïne et le carnet de Paula avec les photos et m'ont dit de faire mon sac.

Julio ne m'a jamais dit au revoir. Il a sauté par-dessus la barrière du jardin dès qu'il a compris qu'il y avait des flics à la porte. Je suis sûre qu'il a pensé qu'ils venaient pour lui. Lui, et ses délicieux baisers de roses et de magnolias ont disparu pour toujours. Il s'est de nouveau noyé dans la rivière.

— Est-ce qu'on tue la mamie ? a demandé un des policiers.

— Je me demande si elle est blindée, a répondu un des autres policiers.

Puis il a tiré sur elle.

Jacaranda est tombée à la renverse sur le sol.

Son corps est resté sur le marbre froid.

Du sang de sa tête s'est mélangé à ses cheveux gris sur le marbre blanc. Ses yeux étaient ouverts et fixaient le vide, comme ceux des animaux d'Afrique empaillés.

Un des policiers m'a passé les menottes et m'a poussée dans une voiture de police. Nous avons roulé à travers les rues du petit matin, suivant les panneaux pour l'aéroport. Derrière la vitre, je voyais les rues sales et les rangées sans fin de boutiques de tee-shirts dont les stores en métal étaient baissés.

J'ai vu un pêcheur se diriger vers la plage avec une longue canne sur l'épaule et un petit seau d'enfant en plastique rouge à la main.

J'ai regardé en direction du Pacifique, vers l'endroit où je savais que la Vierge Marie se noyait dans les vagues.

La bague en diamant de Mme Domingo était toujours sur mon doigt. J'ai tourné la pierre vers l'intérieur de ma paume, afin qu'on croie que je ne portais qu'une alliance en or.

Je savais qu'un hélicoptère de l'armée allait m'emporter vers Mexico. Mon crime était trop important pour que l'État du Guerrero s'en charge seul. Grâce à la télévision, j'avais déjà fait tout cela avant. Je savais exactement ce qui allait se passer.

Je savais que j'irais directement à la prison des femmes parce que j'étais le témoin et la complice du meurtrier de la fille de l'un des plus importants trafiquants de drogues du Mexique. C'était un crime qui avait passionné la nation entière.

Si j'avais continué à regarder la télévision dans la maison de marbre, j'aurais su que le meurtre barbare d'une fillette avait choqué le monde entier. J'aurais appris qu'un instituteur d'un petit village prétendait que des vautours l'avaient guidé jusqu'à la cabane. Il avait raconté à un journaliste qu'il y avait plus de vingt oiseaux qui tournaient dans le ciel au-dessus. On aurait dit un nuage de plumes noires, nageant dans l'air comme un banc de poissons.

Dans l'hélicoptère, j'étais assise dos au pilote. Seul un policier s'était installé dans l'appareil et il était assis en face de moi. Comme mes mains étaient encore menottées derrière mon dos, je devais me pencher en avant sur mon siège.

Nous avons décollé et nous nous sommes élevés au-dessus du port d'Acapulco, puis l'hélicoptère a viré et s'est dirigé vers Mexico. Par la fenêtre, j'ai contemplé la jungle en dessous. Lorsque nous avons atteint une certaine altitude, j'ai commencé à avoir froid aux pieds, toujours nus dans mes tongs.

Il y avait deux bidons entreposés entre les deux sièges devant moi. Ils portaient le symbole du poison, le crâne et les tibias entrecroisés. En grandes lettres noires était inscrit le mot *Paraquat*.

18

Quand l'hélicoptère a survolé Mexico, je ne me suis même pas donné la peine de regarder par la vitre. Je m'étais toujours dit que je visiterais la ville un jour, ses parcs, ses musées, le célèbre château de Chapultepec et son zoo. Mais à présent, je savais que ça n'arriverait plus.

Le policier assis en face de moi portait encore son masque en laine. La sueur dégoulinait de son crâne dans son cou et sur le devant de sa chemise. Il transpirait tellement que même ses mains, posées sur la mitraillette, luisaient. Ses yeux ont fixé les miens à travers les trous de son masque.

— Vous n'êtes qu'une bande de petites idiotes, a-t-il dit.

J'ai détourné les yeux et j'ai regardé par la fenêtre le volcan Popocatepetl, et le long panache de fumée qui sortait de son cratère.

Il a secoué la tête de façon répétée.

— Tout ce qui vous intéresse, vous autres putes, c'est l'argent.

Mes mains étaient menottées dans mon dos et je sentais le diamant dans ma paume.

Autrefois, ma mère m'avait expliqué comment me défendre contre un homme. Elle disait qu'il fallait lui enfoncer mon index dans les yeux, et les arracher comme on arrache des moules de leur coquille. Elle ne m'avait pas appris quoi faire si j'étais menottée.

— Je ne veux jamais avoir de fille, a-t-il dit.

Il a sorti un chewing-gum et l'a enfoncé dans sa bouche, à travers le trou de son masque. Par la petite ouverture ronde, je voyais ses lèvres mastiquer sous la laine.

— Si j'avais une fille, a-t-il dit, j'aurais envie de cracher par terre.

19

Une fois à Mexico, avant que mon nom ne soit officiellement inscrit dans des registres et que je sois emmenée à la prison, j'ai été exhibée à la presse dans une pièce de l'aéroport.

On m'a obligée à me tenir derrière une longue table couverte de plusieurs dizaines de carabines, de pistolets et de munitions. C'était l'arsenal qui avait été trouvé dans la maison d'Acapulco. Les journalistes me hurlaient des questions pendant que des caméras de télévision filmaient mon visage.

— Qui l'a tuée ? Vous ou Mike ?

— Pourquoi lui avoir tiré dans la figure ?

— Pourquoi ? Pourquoi avez-vous tué une fillette innocente ?

— Qu'est-ce qui s'est passé dans ce ranch ?

— Vous êtes la petite amie de Mike ?

Tandis que les reporters criaient leurs questions, je baissais la tête, le menton contre la poitrine, le regard vers mon cœur, afin qu'ils ne puissent pas photographier mon visage. Mais soudain je me suis souvenue de quelque chose. J'ai levé les yeux.

Si je relevais la tête et leur permettais de me filmer, mes yeux traverseraient la caméra. En deux secondes mon visage serait transmis dans la parabole blanche de l'antenne satellite que mon père avait achetée. Deux secondes plus tard, il apparaîtrait dans l'écran de télévision de notre petite maison de deux pièces sur notre montagne. Je savais que si je regardais bien les caméras en face, je verrais ma mère assise devant la télé, une bière dans une main et la tapette à mouches sur les genoux. Alors à travers la caméra, j'ai fixé profondément les yeux de ma mère. Et elle m'a rendu mon regard.

Troisième Partie

20

La prison de Santa Marta, au sud de Mexico, était le plus grand institut de beauté du monde. L'odeur amère et citronnée des teintures à cheveux, des laques et des vernis à ongles remplissait les pièces et les couloirs du bâtiment.

Ces parfums m'ont ramenée au jour où Maria s'était fait opérer de son bec-de-lièvre. C'était le jour où une pleine marmite de ces oiseaux de malheur avait volé en cercle au-dessus de notre maison. Et c'était aussi le jour où ma mère s'était mise en colère contre la tireuse de cartes d'Acapulco, parce que la bonne femme n'avait jamais prédit que ma mère serait un jour forcée d'enterrer quelqu'un.

Est-ce que cette femme avait dit à ma mère que sa fille se retrouverait en prison ?

Dans le bureau où l'on m'a enregistrée se trouvait un tableau noir sur le mur. À la craie blanche étaient inscrits les noms des détenues étrangères et des enfants. Dans cette prison se trouvaient soixante-dix-sept enfants, tous de moins de six ans. Il y avait aussi trois détenues en provenance de Colombie, trois de Hollande, six du Venezuela, trois de France, une du Guatemala, une du Royaume-Uni, deux du Costa Rica, une d'Argentine et une des États-Unis.

Après mon inscription et la prise de photos et d'empreintes digitales, on m'a donné un pantalon de jogging et un sweat-shirt beige. On m'a dit de me changer. Les vêtements étaient tellement usés que je voyais ma peau à travers le tissu. Combien de femmes avaient mis leurs bras dans ces manches avant moi ?

La prison était un échiquier de beige et de bleu marine. Les femmes en beige attendaient d'être jugées et celles en bleu avaient déjà été condamnées. Dans cette prison, j'ai appris que toutes se languissaient de jaune ou de vert, comme si les couleurs étaient devenues de la nourriture.

Personne ne m'a donné une paire de chaussures ou de tennis.

J'ai déambulé à Santa Marta avec mes tongs en plastique rouge, du sable de la plage d'Acapulco encore entre les orteils.

Une gardienne m'a conduite à travers le labyrinthe octogonal de couloirs jusqu'à ma cellule. En lieu et place de fenêtres, de longues ouvertures rectangulaires dans les murs de béton, comme des coups de couteau, donnaient sur la cour principale où quelques femmes en bleu marine tapaient dans un ballon.

De l'autre côté du bâtiment et de la cour se trouvait la prison des hommes. Elle était assez proche pour qu'on entende des hurlements et des cris qui provenaient de derrière le mur. De certains endroits, les hommes et les femmes pouvaient se faire signe.

Ma cellule contenait deux lits superposés. Lorsqu'on vous accuse d'avoir tué la fille de l'un des trafiquants les plus importants du pays, vous avez droit à un traitement spécial. Vous ne partagez votre cellule qu'avec une autre détenue. La plupart des prisonnières devaient cohabiter avec au moins quatre personnes, deux par lit. J'ai été placée en cellule avec une étrangère, parce qu'il est, de ce fait, plus difficile d'être assassinée sur ordre de l'extérieur. Je le savais. Celle ou celui qui avait tué cette petite fille avait peu de chance de vivre longtemps.

La femme qui partageait ma cellule était elle aussi habillée en beige. Elle était si petite que les jambes de son jogging étaient retroussées sur ses chevilles pour qu'elle ne trébuche pas. Ses cheveux étaient nattés en une longue tresse qui lui descendait dans le dos, et lorsqu'elle s'est tournée vers moi, j'ai vu que sa manche gauche était vide, tombant de son épaule comme un drapeau un jour sans vent.

Depuis l'instant où j'avais été appréhendée dans la maison d'Acapulco et emmenée à la prison, je n'avais pas entendu en moi la voix de ma mère. Cela faisait presque quarante-huit heures de silence. J'écoutais mon sang battre dans mes veines et c'était le bruit de l'océan à Acapulco.

Lorsque j'ai vu cette femme toute petite comme une enfant, la voix de ma mère est revenue. Ses paroles ont traversé la jungle, ont survolé les ananas et les palmiers, voyagé par-dessus les montagnes de la Sierra Madre, au-dessus du Popocatepetl, sont descendues dans la vallée de Mexico et ont parcouru les rues sans arbres jusqu'à moi.

— Alors, qu'est-ce qui a bien pu arriver à ton bras ? me suis-je entendue demander.

— Tchac, tchac, tchac, a répondu la femme.

Bientôt j'ai compris que la femme ne disait que des choses comme plonk, plonk ceci et plouf, plouf cela, et clonk, clonk, coin, coin, et pan, pan.

J'entendais de nouveau ma mère. À l'intérieur de ma tête, elle disait :

— Eh bien, regardez qui nous avons là ! Si c'est pas Mademoiselle Onomatopée en personne !

Mademoiselle Onomatopée s'appelait Luna et elle venait du Guatemala. Elle m'a montré le lit du haut avec l'index de sa main droite, sa seule main, et m'a dit qu'il était pour moi. Elle avait de faux ongles en acrylique, longs et carrés, collés sur ses vrais ongles, et chacun d'entre eux était verni avec un motif zèbre noir et blanc.

— Une femme du Salvador occupait ce lit, mais elle est partie hier. J'espère que c'est propre, a dit Luna.

— Je suis sûre que ça ira très bien, ai-je dit.

— Rien dans cet endroit ne va jamais très bien. Tout ce que cette femme disait était « Dieu ». Elle disait « Dieu » toute la journée comme si le mot était le battement même de son cœur.

Une femme en bleu marine est apparue dans l'encadrement de la porte. Elle était si forte qu'elle empêchait presque toute la lumière du couloir d'entrer. Elle avait des cheveux noirs et courts et ses longs ongles étaient peints en jaune. Elle avait été condamnée. Si on portait du bleu, il n'y avait plus d'espoir. Si c'était du beige, il y en avait encore un peu.

— Alors, tu as tué la petite, a-t-elle dit. C'était toi.

J'ai secoué la tête.

— Touche le sol.

J'ai hésité une seconde. Alors elle a répété :

— Touche le sol !

Je me suis accroupie et j'ai touché le sol avec mes doigts.

— Tu es en prison, a-t-elle dit. Je dis à toutes celles qui arrivent ici de toucher le sol tout de suite, pour qu'elles comprennent exactement où elles sont. Maintenant, à toi de décider si tu as laissé ta chatte dehors ou si tu l'as apportée ici avec toi !

La femme s'est déplacée et la lumière retenue derrière son corps a rempli ma cellule. Elle sentait le sang et l'encre. Rouge et noire. J'étais encore accroupie, les doigts sur le sol quand elle est partie.

— Violeta. C'est Violeta. Elle a tué deux, non, trois, non quatre, non beaucoup d'hommes. Pan, pan, mais avec un couteau, coupe, coupe.

— Combien d'hommes ?

— Beaucoup. Elle fait des tatouages à tout le monde, ici. Elle adore la prison parce qu'il y a plein de peaux à tatouer.

La lumière du soleil qui passait par l'ouverture étroite de la fenêtre était froide.

Je n'aurais jamais cru que le soleil pouvait être si froid.

Luna m'a expliqué qu'il n'y avait aucun endroit où ranger quoi que ce soit, mais que je pouvais ranger mes affaires sous son lit, celui du dessous.

— Je n'ai pas d'affaires.

— Tu en auras dans quelque temps.

— Non. Tout ça est une erreur.

— Tu l'as tuée ? Tu l'as bien fait, non ?

J'ai scruté les yeux noirs de Luna.

C'était une petite Indienne maya du Guatemala, à la peau sombre, aux cheveux raides et noirs. Moi, j'étais un mélange de sang espagnol et aztèque du Guerrero, également à la peau sombre, et de taille moyenne. J'avais des cheveux frisottés, crépus, ce qui prouvait que j'avais aussi du sang d'esclave africain. Nous n'étions que deux pages dans le livre de l'histoire de ce continent. On aurait pu nous arracher de ce livre, nous froisser et nous jeter à la poubelle.

— Qu'est-ce que tu crois, toi ?

— À quel sujet ?

— Tu crois que j'ai tué cette fille ?

— Bien sûr que non, a-t-elle répondu. Ils disent que c'était avec un AK-47. Tu ne sais certainement pas te servir d'un de ces trucs-là.

La voix de ma mère a résonné en moi. Je l'ai entendue dire :

— Cette Indienne du Guatemala est un vrai billet de loto gagnant !

Luna m'a dit que je pouvais lui emprunter toutes ses affaires sauf sa brosse à dents.

Il n'était que midi, mais j'ai grimpé dans mon lit et je me suis allongée. Le parfum de salon de beauté de la prison était particulièrement concentré là-haut. Ça sentait le dissolvant pour vernis à ongles mélangé à de la laque au citron. Le plafond en béton brut se trouvait à trente centimètres de mon visage. Si je me tournais sur le côté, je risquais de m'érafler l'épaule et la hanche sur le ciment rugueux.

— En prison, on a toutes des choses qui nous manquent, a dit Luna.

Je me suis pelotonnée et j'ai tenté d'oublier que j'avais froid. Je n'avais pas de couverture ou d'oreiller. Si j'en voulais, je devais les acheter. En prison, tout s'achetait.

Il y avait des graffitis écrits à l'encre noire sur le mur, juste à hauteur de mes yeux, et à hauteur des yeux des centaines de femmes qui s'étaient couchées dans ce lit avant moi. La plupart étaient des cœurs, avec des initiales. Gravé dans le ciment, il y avait aussi le mot *Tarzan*.

J'ai fermé les yeux. J'entendais ma mère me dire :

— Alors, comme ça, il a fallu que tu te retrouves en prison et que tu partages une cellule avec une Indienne manchote du Guatemala !

Bien que nous soyons fières d'être les personnes les plus méchantes et les plus furieuses du Mexique, ma mère n'arrivait sans doute pas à s'arrêter de pleurer à l'idée que sa fille soit emprisonnée. Je voyais les mouches boire ses larmes.

Lorsque je pensais à la maison, je savais aussi que l'inhalateur en plastique bleu du trafiquant se trouvait toujours dans l'herbe verte, sous le papayer. Et qu'il y resterait des centaines d'années.

J'ai dormi tout le restant de la journée et toute la nuit. J'ai été réveillée par la lumière de l'aube et les bruits nouveaux de la circulation. Pour la première fois, je me levais sans entendre le chant des oiseaux. Dehors il pleuvait et les murs et les sols en béton ressemblaient à des murs et des sols de glace.

Pendant la nuit Luna avait posé sur moi une couverture et deux ou trois serviettes de bain. Des petits gestes de bonté comme ceux-là avaient le pouvoir de me bouleverser. Je n'aurais jamais cru que quelqu'un qui avait tiré sur un enfant lors d'un casse, tué douze vieilles dames pour leur voler leur alliance, ou assassiné deux maris, pourrait me prêter un pull, me donner un gâteau ou me tenir la main.

Luna avait aussi enveloppé mes pieds dans des sacs en plastique de supermarché pour qu'ils ne se refroidissent pas pendant la nuit.

Julio avait bien dit que la vie était un endroit pour les fous, où les noyés marchaient sur la terre sèche.

Maintenant je savais qu'il avait raison. Il ne m'a fallu qu'un seul jour pour comprendre qu'être en prison, c'était comme porter une robe à l'envers, un gilet mal boutonné ou la mauvaise chaussure sur le mauvais pied. Ma peau se retrouvait à l'intérieur et mes veines et mes os à l'extérieur, exposés. Je me suis dit que je n'avais pas intérêt à me cogner dans quelqu'un.

21

— Je m'étais attachée au train, le train des émigrants qui va du Sud du Mexique jusqu'à la frontière avec les États-Unis. Avec une corde à linge en plastique bleu.

Je voyais le sang courir dans ses veines et dans son bras gauche et s'arrêter au petit moignon, qui était tout ce qui lui restait de son bras, comme une branche d'arbre qui aurait été mal taillée avec une mauvaise scie.

Je comprenais ce que me racontait Luna parce que Julio m'avait dit qu'au Mexique il y avait deux frontières qui coupaient le pays en plusieurs morceaux. La frontière horizontale est celle qui sépare les USA et le Mexique. Et la verticale qui va d'Amérique centrale, à travers le Mexique, jusqu'aux États-Unis. La plupart des hommes prennent le train depuis l'Amérique centrale jusqu'à la frontière. C'est beaucoup moins cher. Les femmes préfèrent prendre le car, c'est moins dangereux. Julio, comme tout le monde, appelait le train « la Bête ».

— Tu as pris la Bête ?

— On s'attache au train parce qu'on s'endort, a expliqué Luna. On n'y peut rien. Imagine t'endormir à cette vitesse. Je m'étais attachée à l'extérieur à une rampe. Mais je me suis endormie et j'ai glissé et je suis tombée le long de la voie et le train m'a arraché le bras. J'ai perdu mon bras et j'ai failli mourir.

Elle disait que tout cela n'avait duré que le temps d'un souffle.

Luna disait qu'elle aimait bien être en prison parce qu'elle pouvait uriner quand elle en avait envie.

— Quand le train s'arrête quelques minutes et que les hommes descendent, tu ne peux pas descendre pour faire pipi, parce qu'ils vont te regarder, se moquer de toi pendant que tu t'accroupis près des voies, ou te violer. Alors toutes les femmes, toutes, on se retient. Ça fait mal. Tu ne peux pas boire et si tu ne bois pas, eh bien, tu finis par mourir, quoi.

— Tu as quitté le Guatemala toute seule ?

— Le train m'a arraché le bras, j'ai failli mourir et ils voulaient quand même m'expulser. La police de l'immigration n'a pas voulu me croire quand je leur ai dit que j'étais mexicaine. Ils m'ont demandé, puisque j'étais mexicaine, de chanter l'hymne national.

— Tu le connaissais ?

Luna a secoué la tête.

Tout cela m'a rappelé le jour où j'étais assise sous un papayer avec Paula et Maria en train de réviser les paroles de notre hymne national. Paula et moi l'avions appris facilement, comme s'il s'agissait de sons sans véritable sens, mais Maria avait pris les mots très au sérieux. Qu'est-ce que ça veut dire, exactement ? avait-elle demandé. Pourquoi est-ce qu'on chante que le

Mexique va en guerre ? Pourquoi est-ce que le monde tremble ?

— Je n'ai pas tué la fille. Je n'aurais jamais pu. J'étais dans une voiture, enfermée dans une voiture.

Luna a déroulé un morceau de papier toilette et me l'a tendu pour que je me mouche.

— Je ne pleure pas, ai-je dit.

— Si tu pleures.

— Non, je ne pleure pas.

Luna m'a expliqué que même s'ils étaient censés avertir ma mère, puisque j'avais donné son numéro à l'administration, ils ne la contacteraient probablement pas.

— Ils sont superlents pour tout, ici, si tu n'as pas d'argent. Avec l'argent tu peux faire la course. L'argent, c'est de la vitesse.

Je sentais le diamant de Mme Domingo à l'intérieur de ma paume et j'ai fermé le poing.

— Il faut que tu empruntes un téléphone à quelqu'un, a dit Luna. Tu dois appeler ta mère, ou quelqu'un d'autre. S'il y a quelqu'un d'autre.

— Non, il n'y a personne d'autre.

— Tu es mariée ?

Luna a regardé l'anneau d'or sur mon doigt.

— Non.

— Georgia te laissera passer un coup de téléphone. Elle est la seule qui te prêtera son portable sans te faire payer.

— Est-ce que tout le monde sait que je suis ici parce qu'on pense que j'ai assassiné cette fille ?

— Oui.

— Quelqu'un va me tuer, c'est ça ?

Luna n'a pas répondu. Elle a tourné les talons et quitté la cellule.

J'ai pensé :

— Si Mike est vivant, il est mort.

Dans la petite cellule, les lits superposés prenaient presque toute la place. Dans l'espace qui formait comme une grotte au-dessus de son lit, Luna avait enfoncé des clous dans le mur. Sur ces clous, elle avait accroché au moins dix manches qu'elle avait coupées sur des pulls, des chemisiers, et des tee-shirts à manches longues. Elles étaient toutes beiges et on aurait dit un mur couvert de serpents.

Après seulement quelques minutes, Luna est revenue et s'est tenue près de moi pendant que je contemplais les manches accrochées au mur.

— Autrefois, je ne réfléchissais pas vraiment à mon bras, a-t-elle dit. Je ne lui accordais pas une place particulière dans ma vie. Je garde toutes ces manches parce que je veux lui faire un autel.

— C'est une bonne idée.

— Et toi, tu accordes une place particulière à tes bras dans ta vie ?

— Non, pas vraiment.

— Écoute, reste avec moi. Ne va pas te promener toute seule.

— Mais tu me crois, Luna ?

— Oui, peut-être. Peut-être que je te crois. Peut-être.

On a frappé à la porte. Une femme se tenait là, habillée d'un jogging bleu marine. Elle portait un bidon sur le dos et tenait un long et fin tuyau en métal à la main.

— Non, non, a dit Luna.

— Tu veux des punaises et des puces ? a demandé la femme dans un chuchotement.

Le vieux bidon en fer pour les fumigations était enfoncé par endroits et rouillé aux angles. Une pâte jaune foncé, comme une sorte de mucus, s'était formée autour du bec.

— Merde, a dit Luna. Sortons d'ici. Elle va vaporiser le produit. Fais ce que tu dois faire, Aurora.

Aurora était aussi pâle qu'un de ces mille-pattes ou vers qu'on trouve sous les pierres. Si ces créatures sont aussi pâles, c'est qu'elles n'ont jamais vu la lumière. Lorsque j'étais enfant, j'arrachais ou je retournais les pierres d'un coup de pied à la recherche d'insectes blancs et transparents. Les cheveux châtain clair d'Aurora étaient si fins que ses oreilles en dépassaient.

— Voici Ladydi, a dit Luna.

— Je sais, a dit Aurora de sa voix pleine de courants d'air. Vous pouvez sortir ou rester, c'est à vous de voir.

Elle a serré les lèvres très fort pour que les vapeurs de la fumigation ne lui entrent pas dans la bouche. Le bout de ses dix doigts était d'un jaune profond.

— Est-ce que vous auriez de l'aspirine ? a-t-elle demandé.

Luna n'a pas répondu et je l'ai suivie hors de la pièce. Derrière nous, nous avons entendu le bruit de la vaporisation tandis que l'insecticide remplissait notre cellule.

— Le problème est le suivant : qui a envie d'avoir des puces et des punaises ? a dit Luna. Tu as l'air propre, mais mieux vaut être prudentes. On ne pourra pas entrer là-dedans avant un bon moment. L'odeur infecte reste et te donne des maux de tête qui ne s'en vont pas pendant des jours. Tu dois avoir faim à présent. Viens, on va chercher quelque chose à manger.

La pluie s'était arrêtée mais le ciel était encore nuageux.

J'ai suivi Luna dans un dédale de couloirs qui se ressemblaient tous. Par les longues ouvertures sans vitres dans les murs en béton, on pouvait voir la prison des hommes. Des visages aux fenêtres regardaient dans notre direction. De temps à autre l'un d'eux mettait ses mains en cornet autour de sa bouche et criait quelque chose, ou bien agitait frénétiquement un tee-shirt blanc. C'était comme si la prison des femmes était un paquebot passant au large d'une île déserte habitée par des centaines de marins naufragés. Le temps d'une matinée, j'ai appris que les hommes faisaient cela tout le temps. Et que si une femme leur répondait, c'était ensuite l'amour à la vie, à la mort.

Contrairement au bâtiment des hommes, de l'autre côté de la cour, ce monde-ci débordait de poubelles remplies de morceaux de coton et de chiffons ensanglantés. Dans cet univers de femmes, le sang était exposé dans les ordures, dans les cuvettes de toilettes où la chasse n'avait pas été tirée, sur les draps et les couvertures, et sur les culottes tachées qui trempaient dans un coin de lavabo. Je me demandais quelle quantité de sang quittait cet endroit chaque jour pour ensuite se répandre dans les égouts souterrains de la ville de Mexico. Je savais que je marchais sur un lac de sang.

Luna m'a emmenée jusqu'à une grande pièce avec de longues tables et des bancs. Des détenues étaient assises, occupées à différentes activités. Certaines mangeaient, d'autres tricotaient, et certaines femmes donnaient le sein à leurs bébés. Deux petits garçons d'environ quatre ou cinq ans jouaient par terre avec un petit train fait de boîtes de céréales miniatures attachées les unes aux autres avec des brins de laine. Sur une des longues tables, on avait disposé des dizaines de flacons de vernis à ongles et de dissolvant. Au moins vingt détenues se peignaient les ongles, assises autour de la table.

Sur le mur du fond une fresque entourée d'une bannière avec les mots : *La Fresque des cœurs.* Le sujet de cette peinture murale, qui, je l'ai appris plus tard, avait été peinte par des détenues sur plusieurs années, était des célèbres femmes mexicaines. J'ai étudié leurs visages et lu leurs noms : Sor Juana, Emma Godoy, Elena Garro, Frida Kahlo et Josefa Ortiz de Domínguez.

Comme le petit déjeuner n'était plus servi, Luna nous a acheté à chacune un sandwich auprès d'une des détenues. En prison, tout le monde avait un petit commerce et tout avait un prix, même le papier toilette ou les serviettes hygiéniques.

Luna m'a expliqué qu'elle n'avait pas de revenus mais qu'elle recevait de l'aide d'une famille guatémaltèque de Mexico qui faisait partie d'une organisation évangélique qui tentait de convertir les prisonniers.

— Ils essayent tous de nous convertir, a dit Luna. Les mormons, les évangélistes, les baptistes, les méthodistes, les catholiques. Tous. Les missionnaires viennent à la prison le dimanche et même parfois les autres jours. Tu verras. Il y a tous les dieux dans cette prison.

Luna a suggéré que nous sortions manger nos sandwiches dans la cour.

— On pourra y prendre un café et regarder le foot, et puis on verra si on peut parler à Georgia, celle qui a le téléphone.

D'un côté de la cour, une vingtaine de femmes jouaient au football. Les autres détenues étaient assises sur des bancs. Lorsque j'ai levé les yeux, j'ai vu une marée de visages. Des dizaines de femmes regardaient par les fenêtres. Lorsque j'ai tourné les yeux du côté opposé, j'ai vu les hommes qui regardaient eux aussi par les fenêtres de leur bâtiment. Regarder par la fenêtre était ici une activité à part entière. C'était un mode de vie.

— Ces hommes, a dit Luna, en les montrant du doigt, ils cherchent des femmes. Tu as un mari ?

— Non.

— Si tu te maries, il aura le droit de te rendre visite. Ils te donnent une pièce avec un lit et tout et tout.

— Non, je ne suis pas mariée.

— Aucun de ces hommes, là-bas, ne veut m'épouser, a dit Luna. À cause de mon bras. En fait, je ne veux pas d'un homme, je veux un bébé. Je veux quelqu'un à aimer.

— Même s'ils t'enlèvent ton enfant après ?

En prison, une femme pouvait garder son enfant jusqu'à ce qu'il ait six ans.

— Au moins, c'est six ans d'amour. Et après tu peux en avoir un autre. Tu voudrais un bébé, un jour ?

— Oui.

— Voilà Georgia, a dit Luna, montrant l'une des femmes qui jouaient au foot.

Georgia était une grande femme mince qui avait l'air d'avoir trente ans. Elle était blonde aux yeux bleus. Dans la cour de la prison, on ne pouvait que la remarquer au milieu de toutes les peaux sombres et des cheveux noirs. On aurait dit un gros morceau de beurre sur une table.

— Elle vient d'Angleterre, a expliqué Luna. Une femme de l'ambassade britannique lui rend visite et lui donne de l'argent. Sa famille aussi lui envoie de l'argent.

— Pourquoi est-ce qu'elle est ici ? Qu'est-ce qu'elle a fait ?

— Elle était venue au Mexique pour un défilé de mode. Elle travaillait dans la mode. Elle avait des chaussures.

— Des chaussures ?

— Oui, deux valises pleines. Des chaussures à semelles compensées, tu sais, celles avec les grosses semelles ?

— Oui.

— Ces semelles étaient remplies d'héroïne.

— De l'héroïne ! De l'héroïne ! Tu plaisantes, non ? Quel imbécile apporterait de l'héroïne au Mexique ?

— C'est ce que tout le monde dit.

J'ai pensé aux collines et aux vallées autour de ma maison, plantées de pavots rouges et blancs. J'ai pensé aux villes dans notre montagne, comme Kilomètre Trente ou Eden. C'était des villes le long de l'ancienne route qui allait à Acapulco et pas le long de l'autoroute qui avait détruit nos vies. Des villes où l'on se rendait uniquement si l'on était invité. Si jamais vous y alliez par hasard, personne ne vous demandait votre nom ou l'heure, ils vous tuaient, tout simplement. Mike m'avait dit un jour qu'on y trouvait d'énormes maisons et des laboratoires incroyables, bâtis sous terre, où l'on transformait les pavots en héroïne. Il avait dit qu'un miracle avait eu lieu à Kilomètre Trente quelques années plus tôt. La Vierge Marie était apparue sur un morceau de marbre.

Les cars empruntaient toujours cette route en convoi. Ils avaient peur d'être arrêtés et dévalisés. C'est sur cette route qu'on retrouvait des corps décapités, accrochés aux ponts. C'est sur cette route que les chauffeurs de cars juraient avoir vu des fantômes la nuit. Ils disaient avoir aperçu le visage fantomatique d'un clown ou l'image vaporeuse de deux fillettes qui marchaient sur le bord de la route, main dans la main.

Personne sur cette route ne s'arrêtait pour acheter des bonbons au tamarin, ou des tortues d'eau vivantes ou des étoiles de mer à cinq bras qui gigotaient et se tortillaient à l'air libre.

Il y avait une fille américaine qui vivait à Eden. Alors ça, c'était une histoire invraisemblable, m'avait dit Mike. Qui s'aventure jusqu'ici ?

Il disait que l'un des plus importants barons de la drogue l'avait ramenée et qu'elle n'avait que quatorze ans. Elle était sa troisième femme et aimait s'occuper des bébés des autres femmes. Elle était discrète, disait Mike. Elle faisait des gâteaux.

La jeune fille américaine est devenue comme une sorte de légende pour moi, en secret. Je l'imaginais marcher le long de nos routes, boire notre eau et se tenir sous notre soleil.

Mike m'a dit qu'à Noël, le baron de la drogue faisait venir de la fausse neige et couvrait la ville de montagnes de poudre blanche pour que l'Américaine soit heureuse. Il ordonnait la fabrication d'un immense sapin, fait de dizaines de sapins plus petits livrés par une pépinière près de Mexico. Le trafiquant faisait installer le sapin au milieu de la place principale et y faisait accrocher des décorations de Noël.

Mais ça, ce n'était pas le plus incroyable qu'il avait fait. Le plus incroyable, c'est qu'il avait fait venir de vrais rennes jusque dans la ville. Il les avait fait livrer dans un de ses jets privés depuis un ranch du Tamaulipas.

— Et tu l'as vu, tout ça ? avais-je demandé.

— Oui. Imagine, il transforme une parcelle du Guerrero en pôle Nord !

Aujourd'hui, encerclée de béton, loin de l'océan et des mouettes, loin de ma mère, je me demandais : Mince, comment Mike savait-il tout cela ?

Ma main me démangeait. J'aurais voulu le gifler.

J'avais écouté les histoires de Mike sans vraiment les écouter. À présent je savais pourquoi il était en possession de toutes ces informations et pourquoi j'étais en prison, accusée du meurtre d'un baron de la drogue, de sa petite fille, et d'avoir en ma possession un paquet d'héroïne d'une valeur d'un million et demi de dollars.

J'ai pensé : Où es-tu Mike ?

J'ai pensé : Je vais prier pour toi, Mike. Je vais prier pour que tu te souviennes de moi. Je suis cette ligne dans la paume de ta main droite, qui va de ton petit doigt à ton pouce, Mike. Je suis cette ligne de vie qui se remplit de saleté, quand on oublie de se laver.

Dans ma tête, je parlais à Mike, mais mes yeux observaient vingt-deux femmes qui jouaient au foot. L'une avait *Chicharito* tatoué sur le bras. Une autre femme avait le corps entier de la Vierge de Guadalupe sur l'extérieur de sa cuisse droite.

— Elles jouent tous les jours, a dit Luna. Elles font des tournois même s'il pleut. Les trois équipes s'appellent Arc-en-Ciel, Liberté et Barcelona.

Les femmes couraient et s'apostrophaient. De là où j'étais, je voyais Violeta courir, une cigarette allumée aux lèvres. Elle courait dans un sens, puis dans l'autre, sans cesser de tirer dessus. Elle gardait son mégot fumant à la bouche. Lorsqu'elle s'apprêtait à entrer dans une bagarre pour le ballon, elle rejetait sa tête en arrière dans un mouvement qui me faisait penser à un oiseau qui boit de l'eau. Elle faisait cela pour ne brûler personne avec le bout allumé de sa cigarette. Ses ongles extrêmement longs, hier peints en jaune, étaient maintenant verts. De là où j'étais assise, à quelques mètres seulement, on aurait dit de longues plumes de perroquets qui lui sortaient des doigts.

— Violeta est le capitaine de l'équipe, a dit Luna.

Tandis que nous regardions le jeu, Aurora, qui avait fini ses fumigations, s'est approchée furtivement de nous. Elle portait toujours le bidon sur son dos. Elle s'est assise à nos côtés.

— Vous pouvez retourner dans votre chambre, a dit Aurora.

Son odeur m'a donné un haut-le-cœur. J'avais remarqué le bout de ses doigts, mais dehors, à la lumière du jour, j'ai réalisé que sa peau et que le blanc de ses yeux étaient jaunes aussi.

— Non, on va attendre encore un peu, a dit Luna.

— Tu n'aurais pas de l'aspirine ? a demandé Aurora.

— Ne me dis pas que tu as déjà terminé les tiennes ! Tu vas finir par avoir un trou dans l'estomac !

— J'ai mal à la tête.

Aurora s'est allongée. Elle s'est recroquevillée en chien de fusil sur le béton froid et humide. On aurait pu croire, en ce matin nuageux, que c'était l'endroit le plus froid de la planète. J'aurais voulu la toucher, lui caresser la tête, comme pour un chien errant. Mais comme avec un chien, j'avais peur de la toucher et qu'elle me transmette une maladie. La regardant, allongée à côté de moi, j'ai même cru voir de la gale sur le côté de sa tête, sous ses cheveux filandreux.

Si ma mère avait été là, elle aurait dit :

— Elle ne mérite qu'une chose, c'est de se faire écraser par une voiture !

Le match s'est terminé. Luna a appelé Georgia et lui a dit de venir. Georgia s'est approchée lentement, Violeta sur ses talons, tirant toujours sur sa cigarette. Lorsqu'elles sont arrivées à notre hauteur, Violeta s'est accroupie juste devant moi, et nous nous sommes retrouvées les yeux dans les yeux. Elle avait posé ses mains sur ses genoux et ses ongles étaient étalés devant elle. De près, ils ne me faisaient plus penser à des plumes, mais plutôt aux serres des faucons ou des vautours, là-bas, dans la jungle, qui envahissaient le ciel audessus de ma maison. On se disait qu'elle était capable de saisir un lapin ou un mulot et de l'emporter. Ces ongles pouvaient déchirer de la chair. Ils pouvaient vous mettre le visage en pièces.

— Alors, c'est Ladydi ? a dit Georgia.

Elle m'a dévisagée. Ses yeux bleus ont rencontré mes yeux noirs. J'étais sûre qu'elle pensait : Alors voici l'affreuse créature noiraude qui porte le merveilleux nom de ma princesse !

J'aurais voulu dire : Pardon. Mais je n'avais encore jamais dit pardon à personne.

J'ai repensé à toutes les poupées de Lady Di que j'avais à la maison, que mon père m'avait rapportées des États-Unis. À ce jour, elles étaient toutes encore dans ma chambre, dans leurs boîtes en carton et en plastique d'origine, afin que la moisissure de la jungle ne les abîme pas. J'avais une poupée Lady Diana en robe de mariée, une autre avec la robe du soir qu'elle avait mise pour rencontrer le président Clinton, et une autre en vêtements de cavalière. Mon père m'avait même offert une parure de ses perles en plastique. Je les avais portées jusqu'à ce qu'elles se cassent. Les perles blanches en plastique étaient conservées au fond d'une tasse, dans la cuisine.

J'avais la sensation d'être un faux billet, un vêtement de créateur de contrefaçon au marché d'Acapulco, ou une Vierge de Guadalupe « made in China ». Dès l'instant où j'ai regardé Georgia, je me suis métamorphosée en plastique bon marché. Ma mère m'avait donné le nom le plus contrefait qu'on puisse trouver. Comment expliquer à cette Anglaise que mon nom était un geste de vengeance et non un acte d'admiration ? Comment lui faire comprendre que ce nom était une compensation pour les infidélités de mon père ?

De près, Georgia était si pâle qu'on voyait ses veines bleutées sous sa peau. Elle était couverte de taches de rousseur, même sur les lèvres et les paupières. Ses cils et sourcils incolores n'encadraient pas ses yeux qui ressemblaient à deux billes bleu ciel, posées sur ses joues.

— On m'a dit que tu aimerais utiliser mon téléphone, a-t-elle dit.

— Oui, s'il te plaît.

— Je ne te ferai rien payer cette fois-ci, parce que nous sommes britanniques toutes les deux, hein ? Et puis après tout, tu es une princesse.

Violeta et Luna ont ri. Aurora n'avait pas l'air d'écouter. Elle était toujours recroquevillée à côté de moi comme un mille-pattes blanchâtre. Je sentais l'odeur de l'insecticide monter de son corps en petites bouffées, à chaque respiration.

Georgia a sorti de sous son sweat-shirt un portable dissimulé dans une couture. Il était enveloppé dans un papier de barre chocolatée Cadbury's. Elle me l'a tendu et j'ai vu que ses mains étaient elles aussi recouvertes de taches de rousseur.

— Bonne chance, Princesse, a-t-elle dit.

Et elle a fait une petite révérence.

On aimait bien Georgia parce qu'elle était étrangère et qu'elle avait de l'argent. Mais personne n'avait de respect pour son crime stupide. Tout le monde en prison se moquait d'elle et lui offrait des chaussures pour son anniversaire et à Noël. Il y avait toujours quelqu'un pour la taquiner et lui crier des choses comme : Hé, la Blonde, pourquoi ne pas apporter aussi des tacos ou du guacamole au Mexique, pendant que tu y es ?

Pour celles d'entre nous qui avaient tué, c'était différent. On ne nous accordait pas vraiment de respect. Ou alors le respect qu'on a pour un chien enragé. Les gens nous évitaient. Ici, personne ne voulait que les tueuses fassent la cuisine ou qu'elles manipulent de la nourriture. Les détenues se montraient superstitieuses quand il s'agissait de manger quelque chose qui avait été touché par la main d'une meurtrière.

Georgia et Violeta ont tourné les talons et sont parties. Aurora a bougé par terre, à côté de moi.

— J'ai faim et j'ai soif. Est-ce que quelqu'un aurait du chewing-gum ?

Aurora était exactement comme Maria. Elle pensait que le chewing-gum pouvait remplacer l'eau et la nourriture. Ce brusque souvenir de Maria m'a donné envie de me couvrir les yeux de mes mains et de m'échapper de la prison en disparaissant dans l'obscurité de mes paumes. La dernière fois que j'avais vu ma demi-sœur, ma douce amie avec son bec-de-lièvre de malédiction, c'était quand on l'avait emmenée sur un brancard dans un box de la salle des urgences, à l'hôpital d'Acapulco, une balle dans le bras.

— On ferait mieux de regagner notre cellule pour que tu puisses passer ce coup de téléphone, a dit Luna. Il ne faudrait pas que tu te fasses prendre et ils peuvent t'attraper partout ailleurs.

Nous nous sommes levées et avons marché vers le bâtiment. Aurora est restée derrière, toujours recroquevillée sur le sol en béton.

— Georgia taquine tout le monde, a dit Luna. Ne le prends pas mal. Elle se fout complètement de mon bras. Elle me jette sans arrêt des choses en me criant de les rattraper. Parfois elle m'appelle « Attrape ». C'est mon surnom.

Nous avons parcouru l'échiquier bleu et beige, un monde en soi, et je me languissais de voir des plantes vertes, des perroquets jaunes et rouges, l'océan bleu et le ciel. La teinte incolore du béton me donnait chaud et froid en même temps. Alors, dans ma cellule qui sentait l'insecticide, je n'ai pas seulement appelé ma mère, mais aussi les feuilles, les palmiers, les fourmis rouges, les lézards vert jade, les ananas jaune et noir, les azalées roses et les citronniers. J'ai fermé les yeux et prié pour avoir un verre d'eau.

Luna s'est assise à côté de moi. Elle s'est assise si près que j'ai senti ses côtes me toucher, là où il aurait dû y avoir un bras. Son visage exprimait l'attente et l'espoir.

— Allez, prions pour que quelqu'un réponde, a-t-elle dit.

Luna se pressait si fort contre moi que j'avais l'impression qu'elle voulait se glisser dans mes tongs, dans mon uniforme usé et même dans ma peau. C'était comme si elle appelait sa propre mère.

Bien sûr, ma mère avait passé la journée et la nuit à la clairière. Elle tenait son portable en l'air jusqu'à ce qu'elle sente la douleur et la brûlure dans ses muscles lui descendre des doigts jusqu'à la taille. Je savais qu'elle avait passé son temps à aller et venir. Il n'y avait personne. Tout le monde avait quitté la montagne et elle était là, toute seule, à regarder notre monde s'écrouler. Paula avait été volée et puis elle et sa mère étaient parties pour toujours. Ruth avait été volée. Augusta était morte du sida et Estefani vivait à Mexico avec sa grand-mère et ses frères et sœurs. Je me demandais où étaient Maria et sa mère, mais je savais qu'elles avaient dû fuir notre petit bout de terre et de ciel. Après tout ce qu'avait fait Mike, elles devaient se cacher quelque part. Dans l'État du Guerrero, on ne se demande pas s'ils vont venir nous chercher, on sait qu'ils vont venir, alors on ne s'attarde pas.

Ma mère était la dernière âme qui vive dans notre montagne.

Elle se tenait là, seule, avec les fourmis, les scorpions et les vautours.

Lorsque le téléphone a sonné, elle a répondu.

— Dieu merci, j'ai été une voleuse toute ma vie, Ladydi !

C'est la première chose qu'elle a dite.

— Dieu merci, j'ai été une voleuse toute ma vie, Ladydi !

C'est la deuxième chose qu'elle a dite.

— Je vais tout vendre. Dieu merci, j'ai été une voleuse toute ma vie, alors maintenant je vais pouvoir tout vendre. Écoute bien, Ladydi : j'ai cinq chaînes en or, plusieurs paires de boucles d'oreilles, et six cuillères en argent enterrées dans une boîte de lait au fond du jardin. Personne n'aurait l'idée de chercher par là ! Est-ce que ce n'est pas formidable ? Dis-moi, où tu es, ma chérie en sucre. Je serai là dans deux jours. Au revoir.

Ma mère a raccroché. Elle n'a même pas attendu que je lui dise où je me trouvais.

— Alors, est-ce qu'elle va venir ?

— Oui, dans deux jours.

— Ma mère, elle, ne viendrait jamais pour moi, a dit Luna. Elle est au Guatemala. Elle ne sait même pas que je suis ici. Elle ne sait même pas que sa petite fille a perdu un bras. De toute façon, elle s'en ficherait.

— Elle se ficherait de ton bras ?

— Tu ne la connais pas.

— Tu es sa fille.

— Lorsqu'elle me verra, elle me demandera où j'ai mis mon bras, comme si j'avais oublié un pull ou un chapeau quelque part et que je devais aller le rechercher.

Elle ne voudra pas de moi, avec un seul bras. Elle dira que je ne peux plus travailler dans les champs et qu'aucun homme ne voudra plus me regarder.

— Il faudra bien qu'elle comprenne.

— Ma mère dira : Alors, voyons ce que tu es capable de porter !

— Vraiment ?

— Je n'ai jamais enterré mon bras, a dit Luna. Est-ce que tu crois qu'il faut enterrer des morceaux de soi-même ?

— Je n'en sais rien.

— Je ne sais pas. Je ne sais même pas où il est, ni ce qui lui est arrivé, à mon bras.

— Pourquoi est-ce que tu as quitté le Guatemala ?

— Parce que je voulais des dollars. Je détestais ma vie là-bas.

— C'était si moche que ça ?

— Mon mari me battait tous les jours. Non. Il ne me battait pas. Il me donnait des gifles. C'est ça qu'il faisait. Gifle, gifle, gifle. Toute la journée. Ma joue était devenue une partie de sa main.

— Alors tu es venue toute seule ?

— Oui. J'ai pensé que n'importe quoi serait mieux que ça. Mais je me suis trompée.

— Oui, tu t'es trompée.

— Il y a toutes sortes de gens qui essaient d'aller vers le Nord, a dit Luna. Tu ne peux pas imaginer ce que les gens emportent aux États-Unis avec eux, avec quoi ils passent la frontière. J'ai vu des paquets de raies séchées qui ressemblaient à des feuilles de cuir noir. J'ai vu des boîtes remplies d'orchidées. La police passe les camions et les cars aux rayons X. Les rayons débusquent les squelettes blancs des immigrants. Ils repèrent leurs os tordus par le rachitisme. Ils trouvent des pumas et des aigles, ils arrivent à voir les squelettes des oiseaux. Un jour, un homme avait deux bébés toucans dans la poche de sa veste.

— Oui, je sais. À Acapulco, les gens volent des œufs de tortues.

Luna a dit que nous devions nous dépêcher de rendre son portable à Georgia.

— Elle ne le prêtera plus jamais si on ne lui rend pas très vite. Elle compte les minutes.

Nous avons quitté notre cellule et rejoint la grande pièce où les détenues se rassemblaient. C'était la fin de l'après-midi et certaines d'entre elles participaient à des ateliers. Il y avait des cours de collage, de peinture, d'informatique et d'alphabétisation.

Dans la pièce, une détenue sur deux se faisait coiffer. Deux femmes étaient assises devant un petit miroir et se collaient des faux cils sur les paupières.

Georgia était à une table avec Violeta. Je lui ai rendu son téléphone enveloppé dans l'emballage de barre chocolatée, et je l'ai remerciée.

— Pas de problème, Princesse. Tu es ma princesse, alors tu peux l'avoir quand tu veux.

— D'accord, merci.

— Elle va bien se faire envoyer son certificat de naissance, hein ? Georgia a demandé à Luna. Tu lui as expliqué ?

— Oui, a dit Luna.

— Tu as quel âge ?

— Seize ans.

— Tu sais que tu ne devrais pas être ici, hein ? La loi dit que tu es toujours une enfant, Princesse.

— Ma mère va me l'apporter. Elle est au courant.

— Il faut absolument que tu sortes d'ici avant d'avoir dix-huit ans, ou tu ne sortiras jamais. C'est pas vrai ?

Violeta a hoché la tête.

— C'est ce qui m'est arrivé. Je suis arrivée ici à dix-sept ans, mais j'ai été condamnée à trente ans quand j'ai eu dix-huit ans !

— Débrouille-toi pour sortir avant d'avoir dix-huit ans ! C'est quand ton anniversaire ?

— Pas avant novembre.

— Alors tu as largement le temps, a dit Georgia. Mais dépêche-toi quand même. Fais vite ! Je te dis ça parce que tu es ma princesse.

Violeta a toussé. Elle avait posé sa main sur sa hanche et ses longs ongles se recourbaient vers son ventre.

— Si jamais tu restes ici, il faudra que tu te mettes bien dans la tête qu'il n'y a rien d'autre que tout ça ici. Rien d'autre n'existe en dehors de cette prison et des femmes qui y sont. Si tu penses qu'il y a autre chose, tu ne survivras pas, a dit Violeta, de sa voix rauque de fumeuse.

— Merde, pourquoi est-ce que tu lui dis ça ! Qu'est-ce que tu essaies de faire ? Lui briser le cœur en deux ? a dit Georgia.

— Exactement. Elle a besoin qu'on lui brise un peu le cœur, a dit Violeta.

Cette nuit-là, il n'y avait rien d'autre à faire dans la cellule à part rester sur mon lit à parler avec Luna. Certaines femmes avaient des postes de radio mais Luna n'avait rien. Il n'y avait pas de lumière, car elle n'avait pas d'argent pour s'offrir une ampoule pour le plafonnier. Elle achetait le papier toilette à la feuille.

J'étais allongée, en haut, dans le noir, sur mon lit en béton qui n'avait pas de matelas. La pièce avait toujours cette odeur âcre due à la fumigation. La voix douce de Luna me parvenait depuis le lit du bas.

— Quand je regarde Georgia, je me rappelle que ma mère m'a dit un jour que la pluie qui tombe pendant que le soleil brille, ça fait des taches de rousseur.

— C'est ce qui fait un arc-en-ciel.

— Oui, mais ça fait aussi des taches de rousseur.

— Pourquoi est-ce que Violeta est ici ?

— Elle a tué beaucoup d'hommes, mais elle est ici parce qu'elle a tué son père. Elle n'a pas de regrets. Elle le répète encore et encore. Pas de regrets. Elle est heureuse d'être ici. Son père avait tué sa mère. Violeta l'a fait pour sa mère et tout le monde pense qu'elle a bien fait.

— Ça fait longtemps qu'elle est ici ?

— Oui. Son père ne la prenait jamais dans ses bras, mais quand elle l'a tué, en mourant, il s'est accroché à elle. Elle dit qu'il a fallu qu'elle le tue pour qu'il l'embrasse.

— On dirait qu'elle ne m'aime pas.

— Elle aime Georgia. Elle lui a même fait un collage, en cadeau.

Luna m'a expliqué que certaines détenues aimaient bien se rendre à l'atelier collage. Il était dirigé par un homme, un artiste, qui enseignait à la prison depuis des années.

— On découpe des choses dans les magazines, on les colle sur du carton, et on raconte nos vies. Tu viendras ?

— Oui, bien sûr.

— Quand tu réalises un collage, tu arrives à éprouver de l'admiration pour toi-même.

J'entendais Luna déglutir et se retourner dans le lit en dessous du mien.

— Et Aurora ? ai-je demandé. Pourquoi est-ce qu'elle est ici ?

— Aurora, Aurora, Aurora.

Luna prononçait son nom comme un soupir.

— Pourquoi est-elle ici ?

— Aurora a mis de la mort-aux-rats dans le café.

22

Le lendemain matin, lorsque j'ai ouvert les yeux, la première chose que j'ai vue était le mot Tarzan gravé dans le mur. C'était comme si le mur était tatoué pour me rappeler les endroits où je n'étais pas. Pas d'oiseau, ni de plantes, ni de parfum de fruits trop mûrs.

Luna était déjà levée et je l'ai entendue se déplacer dans la pièce. On aurait dit un écureuil. Je l'entendais fourrager dans des sacs en plastique, ou les vider pour mieux les fouiller.

— Merde, quelqu'un l'a volé, a-t-elle dit. Merde, merde.

Je n'ai pas eu la force de lui demander ce qu'elle cherchait. Je suis restée allongée, sans rien dire. J'ai entendu un bébé pleurer plus loin dans le couloir et j'ai repensé à la liste inscrite sur le tableau noir dans le bureau de l'administration. Il y avait vingt-sept enfants dans cette prison, et le matin, ils faisaient pas mal de bruit.

La veille, quand nous avions fait le tour de la prison, Luna m'avait fait passer devant deux petites pièces qui constituaient l'école des enfants. Ils pouvaient rester en prison avec leurs mères jusqu'à l'âge de six ans. Les femmes tombaient enceintes lors des visites conjugales, autorisées par l'administration. Certaines le devenaient parce qu'elles étaient engagées comme prostituées par les gardiens dans les cours criminelles et les tribunaux. Ces rencontres avaient lieu dans les toilettes.

Dans l'école de fortune on avait punaisé au mur l'affiche d'un arbre. Un enfant né et élevé dans une prison n'avait jamais vu d'arbre. Il y avait aussi des images collées sur une planche qui montraient un bus, une fleur et une rue. Il y en avait une avec la lune.

— Merde, a redit Luna. C'est toi qui m'as volé mon rouge à lèvres ?

— Mon Dieu, ai-je dit, Luna, qui voudrait ton rouge à lèvres de gibier de potence avec ta salive de gibier de potence partout dessus ?

Les bruissements en dessous de moi se sont arrêtés.

Luna ne savait pas que c'était ma mère qui venait de parler par ma bouche.

Je suis descendue, me suis assise sur le bord du lit de Luna et je l'ai regardée se maquiller.

Quand elle a eu fini, elle a mis son rouge et son mascara dans un sac en plastique qu'elle a repoussé sous son lit. Puis elle s'est retournée, m'a pris le menton et m'a regardée.

— Tu vas bientôt revoir ta mère et sortir d'ici. Tâche de supporter ces journées, Ladydi. Ne va pas tomber et t'écorcher les genoux.

— Pourquoi est-ce que tu es ici ? Tu ne m'as rien dit. Est-ce que tu vas sortir bientôt ?

— Viens à l'atelier collage. C'est sympa. On y va toutes.

— Qui ça ?

— Eh bien, Aurora, Georgia et Violeta et quelques autres, bien sûr. Allez, allons-y.

J'ai mis mes tongs et je l'ai suivie dans le couloir.

Sur les tables de travail en plastique il y avait des piles de magazines, des morceaux de carton, des ciseaux à bouts ronds et des gros pots de colle.

Le professeur s'est présenté et m'a dit de feuilleter les magazines afin d'y trouver des images à découper qui constitueraient ensuite une histoire que j'aurais envie de raconter. Il s'appelait M. Roma. Il s'occupait de ces ateliers en prison depuis des années. De nombreuses détenues aimaient cet atelier parce qu'elles réalisaient des collages de leur propre histoire, mais aussi parce qu'elles étaient fascinées par M. Roma. C'était un peintre. Ses mains étaient constellées de taches de peinture blanche. Il avait de longs cheveux bouclés et châtain clair qu'il portait en queue-de-cheval. Il avait environ cinquante ans.

M. Roma m'a indiqué une table et m'a offert un tabouret. Quelques autres femmes sont entrées et se sont installées à d'autres tables. Elles étaient toutes habillées de bleu. Certaines lui ont serré la main, d'autres l'ont embrassé sur la joue.

Luna est allée jusqu'à un placard où des feuilles de carton étaient empilées sur des étagères, et a sorti son collage. Elle a mis le carton entre ses dents et a pris des ciseaux et de la colle. Puis elle s'est assise à côté de moi. Elle a réussi à rassembler toutes ses fournitures d'une seule main et avec l'aide de ses dents.

Le silence s'est fait brusquement quand une détenue est passée pour se diriger vers la cour sans soleil. Je ne l'avais encore jamais vue, mais je savais qu'elle était incarcérée ici. Tout le monde, au Mexique, la connaissait. C'était une célébrité. Quatre ou cinq prisonnières l'entouraient, la protégeant. Ses cheveux noirs et frisés étaient peignés vers le haut et ressemblaient à une couronne. Elle était grande et portait du bleu marine, mais on voyait que c'était du velours. Le tissu chatoyait comme une araignée velue. Elle portait des bracelets en or aux poignets et une bague en or sur chaque doigt, même le pouce. C'était Lourdes Rivas. Son surnom était « l'infirmière ». Elle était la femme de l'un des principaux hommes politiques du Mexique. Elle avait été prise en train de voler des millions de dollars à la Croix-Rouge qu'elle dirigeait depuis des années.

Tout le monde dans l'atelier s'est retourné pour la regarder passer.

Je me souvenais avoir entendu parler d'elle au journal télévisé. Quelqu'un avait calculé qu'à cause de ce détournement, des milliers d'ambulances n'avaient pas été achetées et que des centaines de cliniques n'avaient jamais été construites. Elle avait une maison à San Diego en Californie, qui avait été filmée pour les besoins d'un documentaire sur la corruption au Mexique. Ma mère et moi l'avions regardé. Nous avions même vu ses lavabos de salle de bains en or.

Nous l'avons regardée passer accompagnée de la petite milice de femmes qu'elle payait pour sa protection. Tout le monde la haïssait. Tout le monde avait envie de la tuer. C'était comme si chaque Mexicain avait une histoire à raconter au sujet d'une ambulance qu'il avait appelée et qui n'était jamais arrivée.

Sur la table, le collage de Luna était posé à côté de ma feuille de carton vierge.

Dans les pages de *Vogue*, *People*, *National Geographic* et des magazines de séries télé, Luna avait découpé des dizaines de photos de bras et avait collé cet ensemble partout sur sa feuille. Au milieu de cette mosaïque de bras, deux bébés avec de grands yeux bleus et des couches, qu'on aurait dit prélevés dans une publicité pour un produit pour tout-petits. Dans la poitrine potelée des deux fillettes, Luna avait collé des gouttes de papier rouge, qui tombaient de leurs corps dans une flaque de gouttes découpées. On aurait dit des cœurs pour la Saint-Valentin.

— Tu as tué ces enfants ? ai-je demandé.

J'aurais voulu mettre ma main sur ma bouche et retirer ces paroles, mais c'était trop tard. Les mots étaient sortis, ils étaient là entre nous, et Luna les a avalés.

— Oui. Je les ai tués. Comme ça, coupe, coupe, coupe. Les enfants sont si tendres. Le couteau entre dedans comme dans du gâteau.

Elle m'avait répondu comme si elle me donnait une recette.

— Ils étaient à toi ?

— Oh, oui, bien sûr. Tout à fait à moi. C'était mes deux petites filles.

— Mais pourquoi ?

— Elles avaient toujours faim, a répondu Luna. Elles voulaient toujours aller aux balançoires, dans le parc, et je n'avais pas le temps pour ça. Il y a assez de filles, de toute façon. On n'avait pas besoin de celles-là en plus.

Des détenues ont commencé à arriver pour les ateliers. Dans d'autres coins de la salle se tenaient des cours de tricot et d'informatique.

Georgia et Violeta sont apparues et se sont assises sur les tabourets vides près de moi. Georgia portait un pull bleu propre et neuf. Elle portait aussi des tennis neuves et des chaussettes épaisses et blanches, rabattues aux chevilles sur le haut de ses chaussures. Elle a posé sur la table une grande boîte de chocolats rouge et l'a ouverte.

— Bonjour Princesse. Prends des chocolats anglais.

Les chocolats ressemblaient à des billes marron. J'en ai pris un et je l'ai laissé fondre dans ma bouche. Le cacao au lait crémeux a enrobé ma langue et mes dents.

Georgia adorait l'atelier collage à cause des magazines de mode. Ils lui rappelaient le monde des défilés auquel elle appartenait à Londres, avant qu'elle et le « Cordonnier », comme Violeta aimait appeler le petit copain de Georgia, ne remplissent des dizaines de semelles compensées avec de l'héroïne.

Violeta prenait l'atelier très au sérieux. Elle arrangeait ses ciseaux et sa colle sur la table avec soin. Elle devait déplacer les choses et organiser son espace avec la pulpe de ses pouces pour ne pas casser ses longs ongles. Avant de commencer, elle allumait une cigarette et contemplait son collage, prenant le temps de la finir. À la fin du cours, elle avait fumé au moins trente cigarettes l'une derrière l'autre.

Avec sa voix rauque, elle m'a parlé de son œuvre. Elle m'a raconté l'histoire de sa vie.

— Ici, c'est le début, a-t-elle dit en montrant le côté tout à droite de son collage. Tu vois, regarde, j'étais heureuse.

Dans cette zone de la feuille de carton, Violeta avait collé des photos de roses et deux chatons roux et blanc qui jouaient avec une pelote de laine.

— Puis mon père et ma mère ont commencé à se disputer.

Elle a montré un cliché découpé de Brad Pitt, qu'elle avait utilisé pour représenter son père.

— N'oublie pas la partie où il la battait, a dit Georgia.

— Il la battait vraiment très fort, dit Violeta en indiquant la photo d'une vieille dame prise dans une publicité pour un gâteau à faire chez soi. Les bagarres ont continué pendant des années.

— Maintenant, c'est la partie triste, a dit Georgia. Sortez vos mouchoirs.

— Ensuite j'ai rencontré un homme, un homme mauvais, a dit Violeta.

Elle a montré l'image du cow-boy Marlboro sur son cheval.

— Il m'a donné de la drogue.

Entre l'homme Marlboro et un feu découpé qui ressemblait à l'image d'une explosion au gaz, Violeta avait collé des seringues et des boîtes de comprimés. Sous ces représentations de drogues, elle avait utilisé des lettres pour écrire le mot *prostituée.*

— C'est ce que je suis devenue.

Après ce mot, elle avait découpé des dizaines de visages d'hommes dans des publicités pour mousses à raser ou pour shampoings. Parmi ces têtes inconnues, j'ai identifié le visage de Pelé.

— Si tu suis le déroulement de mon collage, a expliqué Violeta, tu vois clairement que j'ai tué mon père après le feu.

— Bravo, bien joué ! a dit Georgia sans lever les yeux de son *Marie Claire.*

— Tu connais cet homme, là ? ai-je demandé en montrant le visage connu. C'est Pelé, le plus grand joueur de football de tous les temps.

— Tu es sûre ?

— Évidemment.

Georgia a levé le nez de son magazine et a regardé le collage.

— Oui, c'est lui, c'est Pelé, a-t-elle confirmé.

— Oh, pas très grave, a ajouté Luna, travaillant devant le paysage de carton de son bras perdu et de ses fillettes mortes.

— Tu n'as qu'à le recouvrir avec un autre visage. Tout le monde s'en fout, non ? a dit Georgia.

À cet instant, Aurora est arrivée comme un chat errant qui s'approche et se frotte contre votre jambe. Elle s'est glissée sur un tabouret à côté de Violeta, a croisé ses bras sur la table et posé sa tête dessus.

M. Roma est venu à notre table, les mains dans les poches et a étudié le collage de Violeta.

— Il est presque fini, non ?

— Il manque juste une partie.

— Ah, oui ? Et quelle est cette partie ?

— Vous savez que je suis honnête, M'sieur, vous savez que je suis une délinquante.

Tout le monde s'est arrêté et a levé les yeux. Georgia a posé son magazine. Luna a levé le nez de son collage sur lequel elle badigeonnait de la colle. Aurora n'a pas bougé mais elle a ouvert les yeux et a regardé Violeta.

— Vous savez bien que je suis une délinquante, a répété Violeta. Quand je sortirai d'ici, je n'aurai qu'un seul but, une seule chose que j'aimerais faire : vous dévorer tout cru. Je vous veux dans mes bras, dans mon lit, je vous veux avec votre merveilleux parfum sensuel, en d'autres mots, je veux faire l'amour avec vous.

Nous avons regardé Violeta, puis M. Roma, pour voir ce qu'il allait dire.

— Oui, Violeta, a-t-il répondu.

— Je ne plaisante pas. J'irai sonner à votre porte.

— Je sais.

Il avait dû entendre ce genre de choses des centaines de fois.

— Monsieur Roma, a dit Violeta, vous sentez bon comme un homme, un vrai.

Luna avait posé un carton vierge devant moi, mais je n'arrivais pas à me mettre à mon collage. Prendre une de ces paires de ciseaux à bouts ronds était au-dessus de mes forces. Rien que les regarder me ramenait à l'école maternelle.

J'ai préféré feuilleter un *National Geographic*. J'ai ouvert les pages au hasard et je suis tombée sur un article sur les lamantins. Il y avait cinq photos de lamantins qui allaitaient leurs petits. Les créatures marines tenaient leurs bébés avec leurs nageoires et semblaient sourire.

— Je n'ai pas besoin de faire un collage pour raconter ma vie, a dit Georgia. Je sais que ce salopard de coureur est sans doute dans un pub avec Dieu sait qui, probablement sa femme, en train d'écouter du Adèle, pendant que moi je suis ici. Je sais qu'il est en train de manger une tourte au porc.

Violeta s'est tournée vers Georgia.

— Continue comme ça. Continue à penser à ton Cordonnier. Rends-toi folle.

— Peut-être même qu'il a des enfants, maintenant. Ça fait trois ans, et il n'a jamais répondu à une seule de mes lettres, pas une. Qu'est-ce que tu penses de ça, Princesse ? m'a-t-elle demandé, directe.

— Qu'est-ce que Ladydi peut en penser ? a dit Violeta. Pourquoi lui demander à elle ?

— Il était l'homme que j'aimais. Si je devais réaliser un collage, je n'aurais qu'à coller toutes les lettres que je lui ai écrites et qui me sont revenues, a dit Georgia. Le collage s'appellerait : *Retour à l'envoyeur.*

Pendant une minute, personne n'a rien dit.

Violeta a posé sa main sur celle de Georgia.

Aurora a bougé légèrement à côté d'elle et a étiré ses bras.

— Ne sois pas triste, a dit Aurora.

C'est là que j'ai vu l'intérieur de son bras, posé en travers de la table, parmi les ciseaux, la colle et les magazines, comme un morceau de bois flotté, pâle, presque blanc. Il était si décharné, la peau était si abîmée, qu'on voyait ses veines bleues comme si elles étaient posées directement sur la peau et non cachées dessous.

Il y a des symboles qui se passent de mots, comme une croix, ou un svastika, ou la lettre Z, ou un crâne et des tibias croisés, qu'on trouve sur les étiquettes de n'importe quelle boîte de mort-aux-rats.

Le symbole à l'intérieur du bras gauche d'Aurora était un cercle, avec un point au milieu, fait avec le bout brûlant d'une cigarette : cercle, point, cercle rose.

Quand j'ai vu ce signe, j'ai revu Paula assise sous un arbre, à même le sol, avec des insectes qui lui grimpaient partout dessus. Paula avait déplié le bras et l'avait tendu devant moi pour me montrer les brûlures de cigarettes.

— Quelqu'un, une femme, a décidé de faire comme ça il y a très longtemps et maintenant on le fait toutes, avait expliqué Paula. Si on nous retrouve mortes quelque part, tout le monde saura qu'on a été volées. C'est notre marque. Ces brûlures de cigarettes sur l'intérieur du bras gauche sont un message.

J'ai tendu la main à travers les pots de colle, les pinceaux et les piles de magazines et j'ai pris le bras d'Aurora. J'ai saisi son poignet et je l'ai tordu pour pouvoir lire les marques plus facilement. Son bras était comme une carte routière.

Aurora a levé ses yeux jaunis et m'a regardée. Son visage était si triste qu'il m'est venu à l'esprit qu'elle n'avait peut-être jamais souri. Sa peau n'avait jamais été plissée par des expressions de joie.

De sa voix d'asthmatique, essoufflée, abîmée et rauque à cause des vapeurs de fumigations, elle a demandé :

— Tu es vraiment Ladydi ? Tu es l'amie de Paula ?

Elle prononçait les mots avec soin, comme si elle avait peur de les casser avec ses dents.

C'est ce mille-pattes humain qui m'a raconté l'histoire de ma vie.

Tout le monde, à la table, a écouté Aurora parler de sa voix poussive, comme si un courant d'air nous tombait dessus.

À la table de collage, dans la salle de récréation d'une prison, Luna, Georgia et Violeta ont entendu parler de

Paula, Estefani et Maria. Ma vie se métamorphosait soudain en un de ces bréchets de poulet qu'on casse pour porter bonheur. Aurora avait rassemblé les deux morceaux. Elle était l'articulation.

Dans cette prison de béton, Luna, Georgia et Violeta ont vu ma montagne et appris comment les gens chez moi avaient donné naissance à la plus belle fille du Mexique. Elles ont su pour le bec-de-lièvre de Maria et pour son opération et pour l'institut de beauté de Ruth, puis pour sa disparition. Quand Aurora leur a raconté que Ruth était un bébé poubelle, elles ont été choquées, alors même qu'elles étaient une bande de criminelles que rien ne choquait plus.

— Mon Dieu, s'est exclamée Luna, comment peut-on laisser son bébé mourir tout seul sur un tas d'ordures ?

Aurora a raconté comment nous nous noircissions la figure et coupions nos cheveux pour ne pas être trop belles, et comment nous nous cachions dans des trous quand nous entendions les trafiquants approcher. Aurora a raconté le jour où nous sommes tombées sur le champ de pavots et l'hélicoptère abattu. Au milieu des cris et des soupirs, elle a raconté le jour où Paula avait été aspergée de Paraquat et où nous avons dû la nettoyer avec de l'eau récoltée dans la cuvette des toilettes. Sans oublier Mike qui avait un iguane apprivoisé qu'il promenait au bout d'une ficelle et qui le suivait partout, jusqu'au jour où sa mère en avait fait de la soupe.

— Ça, c'était pas gentil, a dit Georgia.

— La soupe d'iguane est un aphrodisiaque, a dit Aurora.

— Qui est ce foutu Mike ?

— Le frère de Maria, a expliqué Aurora.

— Si j'avais été ta mère, m'a dit Georgia, j'aurais fichu le camp de cette montagne dès la disparition de Ruth. Qu'est-ce qu'elle attendait ?

— Non, a dit Violeta. Je serais partie aussitôt après le départ de ton père aux États-Unis, apprenant qu'il avait fondé une deuxième famille là-bas. Il vous a jeté de la terre à la figure. Il vous a enterrées. Je suis sûre que tu as toute une bande de frères et de sœurs qui vivent à New York et qui parlent anglais.

— Non, non, non. La mère de Ladydi n'aurait jamais quitté cette montagne parce que son rêve, son espoir, étaient que le père de Ladydi revienne. C'était ça son espoir, et si elles étaient parties, il ne les aurait jamais retrouvées.

J'ai regardé Aurora et j'ai eu l'impression de me regarder dans un miroir. Elle connaissait ma vie mieux que moi.

— Et laissez-moi vous dire autre chose, a dit Aurora, Maria est la demi-sœur de Ladydi.

— Oh non, pitié ! s'est écriée Violeta. Ne me dis pas ça !

Violeta a jeté son petit pinceau à colle et a bondi de son tabouret. Ses longs ongles jaunes ont jeté des éclairs comme des frelons.

— Oh, non, non, non ! Tu ne vas pas me dire que ton père a baisé la mère de Maria !

Georgia a lancé son magazine sur la table.

— Quel salopard !

— Ta pauvre mère, a dit Luna. Elle aurait dû le tuer. Moi, je l'aurais tué.

Georgia a tapoté la main de Luna sur la table.

— On le sait, Luna. Tu n'as pas besoin de nous le dire. Tuer, c'est ta solution à tout.

— La mère de Ladydi n'aurait jamais pu. Ça aurait été comme tuer Frank Sinatra.

Paula avait raconté notre histoire à la perfection.

Aurora était à bout de souffle. Parler autant l'avait épuisée. Se tenir droite était déjà pour elle un effort. Elle s'est appuyée sur la table et a posé sa tête sur son bras. Son pouls fragile palpitait dans ses poignets maigres et sur ses tempes.

C'est Violeta qui a fait taire Aurora. Elle a dit :

— Ça suffit, Aurora. Tu finiras l'histoire demain.

Violeta a mis le pinceau à colle dans un pot d'eau. Elle s'est levée et a saisi avec ses griffes la lanière du bidon de fumigation et l'a jeté sur son épaule. Puis, sa cigarette allumée entre les dents, elle a soulevé Aurora dans ses bras comme une mariée ou un bébé, et l'a emmenée. On aurait dit un oiseau de proie qui emportait un lapin dans ses serres. Je me suis demandé si ce bidon, et Aurora elle-même, si dangereusement proches de la cigarette incandescente de Violeta, pourraient s'enflammer.

— Tu sais comment Violeta a tué son père, Princesse ? m'a demandé Georgia.

J'ai secoué la tête.

— Tu ne lui as pas dit, Attrape ?

— Elle n'a pas demandé.

— En prison, si tu ne demandes pas, Princesse, personne ne te dit rien.

— Peut-être qu'elle ne veut pas savoir, a dit Luna. Tout le monde ne veut pas forcément savoir.

— Oh, je t'en prie, arrête ! Tout le monde a envie de savoir quand il s'agit d'un meurtre !

Elle a posé son magazine sur la pile au milieu de la table.

— C'est l'heure d'appeler Scotland Yard.

Et elle est partie, empruntant le corridor que Violeta avait pris quelques minutes auparavant, Aurora dans les bras.

Georgia téléphonait à son père à Édimbourg chaque soir. Elle était sa seule enfant et elle n'avait pas vu sa mère depuis qu'elle était petite. Elle avait abandonné sa famille et s'était enfuie avec un amant. Le père de Georgia dépensait presque tout son argent pour que sa fille puisse avoir ce dont elle avait besoin en prison. Il avait même hypothéqué leur petite maison pour payer les avocats de Georgia qui tentaient de la faire extrader vers l'Angleterre. Georgia jurait qu'elle ignorait que les chaussures étaient remplies d'héroïne, mais personne ne la croyait.

— Et cette trahison, qu'est-ce que vous en pensez ? a dit Luna.

— Tu crois que c'est vrai ? ai-je demandé.

— Bien sûr que c'est vrai. Oui. J'ai une règle absolue. Je crois toujours une femme plus qu'un homme.

Tout le monde, dans la prison, détestait le petit ami de Georgia.

— Il n'a pas intérêt à rappliquer ici, a dit Luna.

À la vérité, il n'y avait qu'un seul homme qui était adoré à Santa Marta, et c'était le père de Georgia. Il était devenu une légende. Pas une seule fille, dans la prison, n'avait été aimée par son père, pas une. Toutes les détenues espéraient qu'il arriverait à rassembler l'argent nécessaire pour venir à Mexico et leur rendre visite. Les femmes avaient très envie de le rencontrer et le projet du moment était de créer un fonds qui s'appellerait : « Faire venir le père de Georgia au Mexique. » Violeta avait fait tatouer son nom sur son bras. C'était des lettres bleues qui descendaient comme une colonne de mots croisés et qui formaient le mot *Tom*.

Parce que son père lui envoyait des paquets chaque semaine, Georgia avait des vêtements neufs, des chaussures, de la literie et des articles de toilette. Sa cellule était remplie de bonbons anglais. Georgia partageait ses barres Cadbury et ses boîtes rouges de Maltesers avec nous toutes.

Alors que Georgia s'éloignait pour appeler son père, une fraîcheur a envahi la pièce et nous avons entendu le tonnerre. De l'air frais a traversé les couloirs et les fenêtres sans vitres.

M. Roma a rangé son matériel dans le petit casier en métal au fond de la pièce. Luna s'est levée et est allée déposer son collage sur une table, sur les autres feuilles de cartons. J'ai remis les magazines en pile.

Le professeur a pris congé de Luna et lorsqu'il m'a dit au revoir, il m'a embrassée sur la joue.

— Bienvenue à l'atelier, a-t-il dit. J'espère que tu reviendras.

Il sentait la bière.

Je n'ai pas effacé son baiser avec ma manche.

Alors que Luna et moi revenions lentement vers notre cellule, j'ai laissé cette salive mouillée d'homme sécher sur ma joue. J'ai senti l'endroit sur mon visage pendant des heures après, comme si le baiser avait laissé une marque. Se faire embrasser par un homme dans une prison pour femmes est bien plus beau qu'un cadeau d'anniversaire ou de Noël. C'est mieux qu'un bouquet de roses. C'est mieux qu'une douche chaude. J'ai pensé que je pourrais passer ici des années, ne vivant que pour chaque jour d'atelier et ce baiser d'homme sur ma joue. Ce baiser était la pluie, le soleil et l'air merveilleux du dehors tout à la fois. Oui, je savais que je serais capable de rester là à coller des choses stupides sur des feuilles de carton, juste pour avoir encore droit à un de ces baisers.

Cette même nuit, j'étais allongée au-dessus de Luna, sur mon lit superposé en béton. Elle n'arrêtait pas de jacasser dans le noir. J'avais cru, la première nuit, qu'elle faisait ça pour être gentille, mais maintenant je comprenais qu'elle avait besoin de parler pour remplir l'obscurité. Son bavardage m'apaisait et me rendait toute somnolente.

Luna disait :

— Tu te rends compte qu'il n'y a que vingt-six lettres de l'alphabet pour tout dire ? Seulement vingt-six lettres pour parler d'amour, de jalousie et de Dieu.

— Oui.

— Est-ce que tu t'es aperçue que les mots de la journée ne sont pas les mêmes que ceux de la nuit ?

— Oui.

Dans le noir j'entendais de gros camions et des cars passer devant la prison. Il n'y avait que tôt le matin ou tard le soir qu'on pouvait entendre les bruits de l'extérieur.

— Si tu es ici depuis deux ans, pourquoi est-ce que tu n'as pas été condamnée ou extradée ? ai-je demandé.

— Princesse, je n'ai jamais contacté un avocat, ou l'ambassade guatémaltèque, ou même ma famille. Je crois que tout le monde a oublié que je suis ici.

— Je suis sûre que tu leur manques.

— Non. C'est étrange de penser que le monde puisse oublier un être humain, mais ça arrive tout le temps.

— Mais les gens, ici, dans la prison, ils ne trouvent pas ça bizarre ?

— Ils pensent que je m'occupe de tout ça. Personne n'imagine que je préfère être ici plutôt que n'importe où ailleurs, mais c'est vrai.

— Tu veux rester ici ?

— Il y en a qui préfèrent le dedans au dehors. Cette prison est le meilleur endroit que je connaisse. Dans mon village, le gouvernement a massacré tout le monde.

— Au Guatemala ?

— En deux ans, j'ai perdu presque toute ma famille. Je me promenais persuadée que j'allais prendre une balle à tout moment. Une balle, comme ça, sans prévenir.

Le vent, qui n'était qu'une brise pendant l'atelier collage, avait forci, et l'air froid entrait dans le bâtiment en rafales.

— Je croyais qu'aller aux États-Unis ce serait mieux. J'avais entendu plein d'histoires, a dit Luna.

— Il y en a qui disent qu'il n'y a rien de pire.

— J'ai entendu dire qu'il y en a qui ont tellement soif qu'ils s'entaillent un bras et sucent leur sang. Ça se passe dans le désert, en Arizona. J'ai vu des traces de coupures sur le bras d'un homme qui avait essayé de passer mais qui avait été refoulé. Si tu as de la chance, un policier des frontières t'abattra comme un loup. Si c'est un cartel qui te kidnappe, comme les Zetas, alors tu te retrouves au pays des immigrants morts, un pays de la mort très spécial, sans certificat de naissance, sans pierre tombale, et ça, il n'y a rien de pire.

Lorsque Luna a mentionné le policier des frontières, je n'ai pu m'empêcher de penser à Julio. La prière qui pourrait me le ramener n'existait pas.

Les premières grosses gouttes de pluie ont commencé de tomber sur le toit et l'air s'est mis à sentir un mélange d'eau et de ciment.

— Mon père est aux États-Unis, ai-je dit.

— Imagine qu'un pistolet qui te tire dessus soit la dernière chose que tu vois quand tu meurs. Imagine que ce soit la toute dernière image de la vie que tu emportes au paradis. Tu crois que la dernière chose que tu vois est importante ?

— Mon père est à New York.

— Écoute, il n'est pas question que je sois enterrée dans un cimetière à côté de tous ces morts. Je veux être incinérée. Toi aussi ?

— J'ai un peu froid.

— Oui, il fait froid.

— Il faudrait que j'aie des couvertures bientôt, sinon je vais tomber malade.

— Tu peux descendre ici et dormir avec moi, a proposé Luna. Ça ne me gêne pas.

Je me suis assise et je suis descendue de mon lit. Luna a soulevé le coin de ses couvertures.

— Entre là-dedans, a-t-elle dit.

Nous nous sommes pelotonnées l'une contre l'autre et la chaleur de son corps est entrée sous ma peau.

— Viens, ça va aller, a-t-elle dit, et elle m'a prise avec son bras.

J'ai senti son bras fantôme qui m'entourait. Avec ses dents, elle a saisi le bord des couvertures et les a remontées jusqu'à nos mentons.

J'avais connu la pitié des scorpions. À présent, je connaissais celle d'une tueuse.

23

La cellule d'Aurora sentait le produit toxique des fumigations. Elle était plus grande que la mienne et possédait deux lits superposés. Quatre femmes y vivaient. Il y avait aussi des toilettes, un lavabo et une petite douche, alignés au fond de la cellule.

Aurora ne recevait aucune aide de l'extérieur. Elle était obligée d'accepter les travaux dont personne ne voulait. Elle était la responsable des fumigations depuis qu'elle avait été condamnée, il y avait un peu plus d'un an.

À part Aurora, il n'y avait personne dans la pièce. Elle était allongée sur un des lits du bas. Elle m'a fait signe d'entrer.

Je me suis assise sur le bord de son lit pendant qu'elle restait sous ses couvertures. Sur son lit, poussés contre le mur, se trouvaient des dizaines de sacs de supermarché en plastique et deux bidons de vaporisations et leurs tuyaux. Le regard d'Aurora a suivi le mien.

— Il n'y a pas de rangements dans cette pièce, a-t-elle dit. On est obligées de garder nos affaires sur nos lits.

Les sacs en plastique d'Aurora étaient remplis de vêtements et d'objets que des détenues lui avaient donnés. En prison, il existait une superstition selon laquelle si vous emportiez vos affaires avec vous, vous reviendriez un jour. Aurora pratiquait l'accumulation, comme une pie voleuse. Elle acceptait tout.

— Quand tu partiras d'ici, n'oublie pas de me donner tes affaires.

— Je n'en ai pas.

— Oh, mais tu finiras par en avoir, tu verras.

À travers le plastique transparent d'un des sacs, on voyait une collection de brosses à cheveux et de cuillères.

Plus tôt dans la matinée, Luna m'avait dit que personne n'aimait partager une cellule avec Aurora à cause de l'odeur des bidons de fumigation, et parce qu'elle amassait toutes ces choses. Luna m'avait confié que ses compagnes de cellule quittaient la pièce dès qu'elles le pouvaient et se rendaient dans le patio ou dans la grande salle où toutes se rassemblaient pour les ateliers ou les repas. Ce qui signifiait qu'Aurora avait la cellule pour elle seule toute la journée. La plupart du temps, elle dormait.

Luna disait que Georgia surnommait Aurora la Belle au bois dormant.

— Elle dort parce qu'elle préfère les rêves, pas parce qu'elle est fatiguée. Aurora ouvre le bec de ses bidons et respire le poison. Elle aspire les vapeurs à fond et ça la rend toute somnolente. C'est son philtre de sommeil.

J'étais assise sur le lit d'Aurora et je trouvais l'odeur envahissante. Elle avait imprégné son lit, ses affaires, ses vêtements et sa peau. Aucun insecte ne l'approcherait jamais.

— Tu n'aurais pas de l'aspirine ? a demandé Aurora.

Dans cette cellule de prison encombrée, envahie par les vapeurs toxiques, j'ai appris qu'Aurora avait rencontré Paula au ranch de McClane.

— Le jour où Paula est arrivée, c'était la fête d'anniversaire de la fille de McClane, a dit Aurora. Elle avait quinze ans. J'étais dans une tente avec les autres femmes qui avaient été volées. La plupart d'entre elles avaient été prises alors qu'elles tentaient de passer la frontière et d'entrer aux États-Unis. Tous ces hommes n'arrêtaient pas d'entrer et de nous reluquer. Moi, j'étais déjà plus âgée. C'était la troisième fois que j'étais vendue. Paula a dit qu'elle venait de la région d'Acapulco. Elle était si belle.

J'ai hoché la tête.

— C'est vrai.

J'ai repensé à notre petit bout de terre furieuse qui autrefois hébergeait une vraie communauté, mais qui avait été détruit par le crime organisé des trafiquants de drogues et l'immigration aux États-Unis. Notre petit bout de terre furieuse s'était métamorphosé en une constellation brisée et chaque petite maison avait été réduite en cendres.

Aurora avait du mal à respirer. Elle s'est appuyée sur ses coudes mais est restée sous ses couvertures. J'étais perchée sur le bord du lit, tant il y avait de choses autour d'elle. Il n'y avait vraiment pas de place. Son lit était une vraie décharge.

— Un homme qui était le fils d'un très gros baron de la drogue à Tijuana m'a prise, a expliqué Aurora.

À cause de ça, je ne vivais pas au ranch de McClane, mais nous venions souvent en visite, et il y avait des fêtes. Parfois j'allais à Matamoros et parfois c'était eux qui venaient à Tijuana. Alors je ne voyais pas Paula si souvent que ça, mais je la voyais quand même. Je me souviens, un jour, je me suis retrouvée au ranch de McClane pour une fête d'anniversaire et elle avait un tatouage sur son bras : *La Chérie de Cannibale.* Je n'avais encore jamais vu ça. Bien sûr, un des surnoms de McClane était *Cannibale.* On l'appelait comme ça parce qu'il disait toujours en plaisantant qu'il allait manger les gens, surtout les femmes.

— Est-ce qu'il mangeait vraiment des gens ?

— Il disait des choses comme : Tu es si jolie, j'ai envie de te manger le bras ! Je vais te saupoudrer de sel et te rouler dans une tortilla. Des choses comme ça. On savait toutes, quand on se donnait à ces hommes-là, que c'était comme faire la vaisselle ou sortir les poubelles.

— Qu'est-ce que tu veux dire ?

— C'était comme se transformer en urinoir.

Aurora a toussé, a attrapé une bouteille en plastique remplie d'eau et a bu longuement. Quand elle a eu fini, elle m'a proposé la bouteille. Je n'en avais pas envie parce qu'elle avait l'air si malade, mais j'ai quand même pris une gorgée. Je savais que je buvais sa salive.

— Le tatouage de Paula, c'était quelque chose de nouveau, a continué Aurora. J'ai été étonnée qu'elle l'ait fait faire, mais peut-être qu'elle n'a pas eu le choix.

— Oui, elle avait ce tatouage, ai-je dit. Et les brûlures de cigarettes.

— Ces types, ils adoraient les salons de tatouage et ils se rendaient toujours dans l'un d'eux à Tijuana.

McClane s'était fait tatouer *Sainte Mort* sur le dos et la Vierge de Guadalupe sur la poitrine. Je n'ai jamais revu Paula, et on n'a pas pu se dire au revoir.

— Elle a réussi à rentrer chez elle. Personne n'y croyait plus.

— Selon la rumeur, elle avait réussi à s'enfuir. On disait qu'une nuit elle était sortie du ranch, avait marché, marché, et n'était jamais revenue. On pensait qu'il l'avait peut-être tuée. C'était possible. On espérait qu'elle n'avait pas essayé de traverser la frontière, sinon elle aurait certainement été prise à nouveau.

— Et toi, qu'est-ce qui t'est arrivé ? ai-je demandé à Aurora, allongée sur son lit.

Comme elle n'avait pas d'oreiller, elle dormait à plat.

— J'ai pris de la mort-aux-rats qui était sous l'évier, et j'en ai mis dans le café.

Les yeux d'Aurora étaient si pâles qu'ils me faisaient penser à la couleur des méduses mortes, un bleu très clair, sur la plage d'Acapulco.

— Tu viens d'où ?

Aurora était de Baja California. Elle avait grandi dans le village de San Ignacio. Son père travaillait comme guide. Il emmenait les touristes sur son bateau observer les baleines grises de Californie.

— Regarde ça, a dit Aurora.

Elle a extrait une feuille de carton de sous son tas de sacs en plastique. C'était un collage d'une plage avec une baleine sur l'eau et plusieurs étoiles de mer et des coquillages découpés dans des magazines et collés sur le carton brun.

— J'ai découpé les étoiles de mer dans du papier noir. Aucun magazine, dans cette prison, n'avait une photo d'une étoile de mer !

— J'aime bien, ai-je dit. C'est joli. Ça me rappelle les plages près d'Acapulco. Mais je n'ai jamais vu une baleine.

— Il faut que tu comprennes. La première fois que j'ai été volée, je n'avais que douze ans, a continué Aurora. Je n'étais que du menu fretin, le genre qu'on rejette à la mer parce qu'il est trop petit pour être mangé. Ils n'auraient jamais dû faire ça ! J'étais la seule fille du village à avoir les yeux clairs.

Ses yeux étaient comme la vitre dans les bateaux à fond de verre.

— Personne ne voulait le croire, au ranch. Qui aurait pensé qu'Aurora, la plus douce et la plus obéissante de toutes, pouvait le faire. Mais je l'ai fait.

Je pouvais voir dans les yeux d'Aurora et jusqu'au fond de son corps, là où il y avait du sable clair et des coquillages.

— J'ai tué cinq hommes. Est-ce que c'est pas super, ça ? Ils s'étaient tous rassemblés au ranch. Ça leur a pris deux jours pour mourir dans un hôpital à Tijuana. La police est venue m'arrêter quand les médecins ont démontré que les hommes avaient été empoisonnés. Elle a fait analyser les tasses de café pour y trouver des traces de poison et le test a été positif. Et pourtant je les avais lavées et relavées avec de l'Ajax ! Tout le monde savait que c'était moi qui avais préparé le café pour cette réunion de rats. Et tout le monde savait qu'il y avait de la mort-aux-rats dans leur cuisine, sous l'évier. Les rats, on les empoisonne, non ?

Aurora a fourragé dans un de ses sacs en plastique. Elle a défait le nœud d'un sac plein de boutons et de limes à ongles attachées avec un élastique. Elle en a retiré un petit tas de vieilles coupures de journaux.

— Tiens, lis ça, si tu ne me crois pas. C'était même dans les journaux !

J'ai lu l'article puis je lui ai rendu et elle l'a remis dans le tas.

Elle était fière d'avoir tué ces hommes. C'était pour elle un acte de justice.

— J'ai fait bouillir l'eau. J'ai ajouté le café. Je l'ai laissé reposer.

— Oui.

— J'ai mis les tasses sur un plateau avec un bol de sucre. J'entendais les hommes parler dans la salle à manger. J'ai remué le marc de café dans la cafetière.

— Oui.

Aurora s'est interrompue et a essayé de prendre sa respiration. On aurait dit qu'elle ne savait qu'expirer. Elle a tenté d'inspirer, pas seulement avec ses poumons mais avec son corps tout entier aussi, en soulevant la poitrine, mais elle n'y est pas arrivée.

— Comment as-tu fait ?

— Ça n'a pris qu'une minute. C'était facile. J'ai sorti le flacon de mort-aux-rats de sous l'évier. Je l'ai versé dans le café. C'était tellement facile ! C'était comme ajouter du sucre ou du lait.

J'ai pris le bras d'Aurora. Sa peau était rugueuse, comme si elle était encore couverte du sable de la plage. J'ai plongé dans le paysage de mer de ses yeux et j'y ai vu des baleines et des dauphins.

— Raconte-moi encore des choses sur Paula et McClane, s'il te plaît.

Aurora m'a dit que McClane n'avait pas seulement des ranchs partout dans le Nord, il avait aussi des affaires et des propriétés dans l'État du Guerrero.

— Près de chez toi, a dit Aurora. Je ne l'ai jamais vu, mais d'autres femmes m'ont dit qu'il avait une grande maison près d'Acapulco où, un Noël, il a fait construire le pôle Nord et a même fait venir des vrais rennes dans un avion.

— Oui, ai-je répondu, j'en ai entendu parler.

— Est-ce que tu savais que McClane aimait tellement son cheval qu'il l'a enterré dans un cercueil, dans un cimetière, comme une vraie personne ?

— Non, je ne savais pas.

— On dit qu'il veut être inhumé dans sa voiture.

— Les cimetières sont pleins de types enterrés dans leurs voitures. J'ai entendu ça.

J'ai observé Aurora qui prenait une autre gorgée de sa bouteille.

— Comment est-ce que Paula est rentrée ? a-t-elle demandé encore. Tu l'as vue ?

Elle a reposé sa tête sur le matelas.

— Est-ce qu'elle t'a parlé du ranch de McClane ? a demandé Aurora.

— La mère de Paula la nourrissait avec un biberon et même, elle lui donnait des petits pots pour bébés Gerber.

Aurora écoutait. Elle a bâillé. Ses yeux ont papillonné un peu. Puis elle s'est tournée d'un côté et s'est endormie.

Je l'ai regardée. À voir son visage endormi, tranquille, alors qu'elle n'avait plus besoin de faire d'efforts pour respirer, je voyais bien qu'elle avait été belle. Assez belle pour être volée. Aujourd'hui, on aurait dit un de ces chiens mal nourris perdus sur la route.

Je me suis recroquevillée au bout de son lit, parmi les sacs en plastique et les bidons de fumigation, et je me suis endormie aussi.

Pour la première fois depuis que j'étais en prison, j'ai fait un rêve. J'ai compris que c'était les vapeurs toxiques qui m'avaient donné ce rêve. J'ai rêvé de Julio. Nous étions allongés sur l'herbe, l'un près de l'autre, dans le jardin de la maison en marbre à Acapulco. Nous étions sur le côté et nous nous regardions. Je pouvais voir l'intérieur de son corps. Sous sa peau j'ai vu les étoiles et la lune, et j'ai su qu'il était né de l'espace.

Aurora a toussé dans son sommeil et m'a réveillée. La lumière dans la pièce avait baissé et j'ai réalisé que je somnolais depuis plusieurs heures. C'était comme si être avec quelqu'un qui connaissait Paula, qui connaissait des choses de ma vie, m'avait suffisamment réconfortée pour que je puisse dormir. Aurora m'avait ramenée chez moi.

Quand j'ai ouvert les yeux, j'ai aperçu la silhouette de quelqu'un dans le lit en face d'Aurora. C'était Violeta.

Je me suis redressée.

Elle était nue et avait entouré ses cheveux d'une serviette. Je voyais des gouttes d'eau dégouliner de sous la serviette et derrière son oreille. Sur le sol, un chemin mouillé menait de la minuscule douche jusqu'à son lit.

Sur son lit, contre le mur, elle avait de nombreux animaux en peluche. Dans le tas j'ai distingué un panda, une girafe et au moins quatre ours. Un vrai zoo.

Elle avait le corps couvert de tatouages. Le long de son bras, celui qui était vers moi, je voyais le mot *Tom*.

Sur le poignet de ce même bras, elle avait fait dessiner des bracelets qui ressemblaient à des fils barbelés.

Elle était assise en tailleur, une autre serviette étalée devant elle sur le lit. Dessus se trouvaient des flacons d'encre. Je voyais du rouge et du vert. Elle avait aussi plusieurs seringues et de longues aiguilles disposées sur le tissu.

Violeta m'a regardée.

— Bonjour, a-t-elle dit.

— C'est encore le matin ?

— Hé, tu ne voudrais pas un tatouage ? Tout le monde ici en a un. J'ai tout le matériel qu'il faut, je peux te transformer en passoire, si tu veux.

Au son de la voix de Violeta, Aurora a bougé et s'est réveillée.

— Non, pas pour le moment. Mais merci. Si je sors d'ici avec un tatouage, ma mère me tuera.

— Violeta, laisse-la tranquille, a dit Aurora.

— Est-ce que quelqu'un t'a déjà expliqué, Princesse, que dehors, les gens pleurent sur ton sort pendant exactement trois jours, et puis qu'ils oublient ensuite complètement que tu existes ? a dit Violeta.

Elle s'est penchée et m'a pincé la peau du bras. Elle a pris la peau entre ses doigts et l'a tournée comme si elle tournait une clé dans une serrure.

— Arrête ! Ça fait mal !

— Pourquoi ? – elle a lâché mon bras – Pourquoi est-ce que les gens bien croient toujours qu'ils ont raison, hein ?

— Qu'est-ce que j'ai dit ?

— Ici, nous ne sommes pas des gens qui tendent l'autre joue, a-t-elle dit.

Luna est apparue sur le seuil. Elle tenait un pull épais de couleur beige dans sa main. Elle me l'a tendu.

— Tiens, c'est pour toi. L'une de nous est sortie aujourd'hui et m'a dit que je pouvais le prendre. Mets-le, ça te tiendra chaud, a dit Luna.

Je n'ai même pas réfléchi une seconde. Il faisait si froid dans la prison que je sentais mon corps qui se transformait peu à peu en ciment mouillé. Je me suis assise, j'ai pris le pull, et je l'ai passé. Il sentait l'odeur d'une autre femme. Comme le parfum du riz qui bout sur une cuisinière.

— Laissez-moi dormir, a dit Aurora, s'il vous plaît.

Violeta a lancé un regard à Luna et puis elle m'a regardée.

— Ici, on dort deux par lit, et tête-bêche, parce que c'est toujours mieux de dormir avec le pied d'une autre dans la bouche qu'avec son visage qui pue et son haleine pourrie de prison.

— Oui, a dit Luna, on sait.

— Vous deux vous avez des lits pour vous toutes seules. C'est pas juste !

— Arrête, a dit Aurora. Depuis quand tu penses que le monde est juste ?

— Allez, viens, partons, a dit Luna.

— Un tatouage te ferait du bien, a lancé Violeta, tandis que nous nous éloignions. Penses-y. Je ne suis pas chère.

En regagnant ma cellule avec Luna à mes côtés, j'ai pensé que cette journée était presque finie. Tout mon être était tourné vers dimanche, le jour des visites. Encore un jour, un seul, et je verrai ma mère. J'imaginais qu'elle se trouvait dans un hôtel bon marché, quelque part, non loin de la prison. Je le sentais.

— Cette Violeta ! Quelle gloutonne ! a dit Luna. Quand elle mange du poulet, elle pense à l'amour. Quand elle mange un steak, elle est heureuse. Je l'ai déjà vue dévorer un gâteau entier.

— Pourquoi est-ce qu'elle a tué tous ces hommes ? ai-je demandé.

— À cause de sa gloutonnerie. C'était logique. Tuer, c'était comme manger.

Alors que nous marchions, j'ai raconté mon rêve à Luna. Je lui ai dit que l'univers entier était à l'intérieur de Julio.

— Remercie Dieu d'avoir permis de résoudre la signification de ton destin avec ce rêve. Et remercie-Le pour Son avertissement, a dit Luna. Il y a longtemps, j'ai promis à Dieu que j'écouterais chacun de Ses messages.

— Qu'est-ce que tu crois que ça veut dire ?

— C'est tellement clair.

— Alors ?

— Ça veut dire que tu veux voir les aiguilles de l'horloge aller en arrière. Tu veux retourner dans le temps. C'est pareil pour tout le monde.

— Non, je ne crois pas que ça veuille dire ça.

— Alors, ça veut dire quoi ?

— Je crois que je sais. Quand je serai sûre, je te le dirai.

Lorsque j'ai grimpé dans mon lit ce soir-là, j'ai trouvé une photo de la princesse Diana en robe du soir noire, avec une tiare sur la tête, qui avait été arrachée des pages d'un magazine et collée sur mon mur avec du scotch. La beauté véritable de la princesse morte à côté de mon corps habillé d'un vieux jogging beige m'a fait me sentir laide et sale. J'ai arraché la photo du mur et j'en ai fait une boulette. L'encre noire de sa robe m'a taché les doigts.

24

Le lendemain matin, Luna et moi sommes sorties dans la cour pour nous asseoir dans un rayon de soleil. Presque tout le monde dans le patio en cherchait pour se réchauffer. La grande ombre jetée par le bâtiment des hommes privait pratiquement toute la cour de lumière.

À onze heures, l'endroit était rempli de femmes debout en petits groupes, bavardant tandis qu'un match de football avait commencé le long du mur sud. Je voyais les cheveux jaunes de Georgia qui courait après le ballon et Violeta, sur le côté, qui observait le jeu. Luna a acheté un café pour nous deux à une femme qui vendait du café et des petits pains dans un panier.

Luna avait envie de regarder le match et moi pas. Alors je me suis dirigée vers un banc et je me suis assise pendant qu'elle allait se mettre de l'autre côté avec Violeta.

Je sirotais le café tiède. Après un moment, j'ai regardé Aurora sortir du bâtiment dans la cour. Elle a plissé les yeux et réagi à la lumière comme si elle lui blessait les yeux.

Je lui ai fait signe de venir s'asseoir avec moi. Elle est arrivée lentement, sur la pointe des pieds, comme si elle se déplaçait au ralenti, ou mimait l'action de marcher. Elle portait le bidon de fumigation sur son dos, comme une tortue sa carapace.

Elle s'est assise à côté de moi. Elle était pieds nus. C'était la douleur de marcher sur le béton glacé qui était responsable de sa curieuse démarche. Je lui ai donné ce qui restait de mon café.

— Tiens, tu peux le finir.

Sa main pâle et sèche s'est refermée autour du gobelet en polystyrène, exposant le dessin de brûlures de cigarettes à l'intérieur de son bras. Dans la lumière de la cour, les cicatrices rondes ressemblaient à des lunes de nacre.

— Où sont tes chaussures ?

— Il y a des gens qui me volent mes affaires sans arrêt. Ce matin elles avaient disparu.

Ses pieds étaient frigorifiés, bleus. Je portais toujours mes tongs en plastique. Si j'avais possédé des chaussures, est-ce que je les lui aurais données ? Probablement pas. En quelques jours seulement, la prison m'avait changée. J'ai repensé à ce que Violeta avait dit, que les gens à l'extérieur vous oublient en seulement trois jours.

J'ai retiré le bidon du dos d'Aurora et je l'ai obligée à me faire face sur le banc. J'ai mis ses pieds sur mes genoux et je les ai couverts avec mon pull.

— Maintenant on est deux à avoir besoin de chaussures.

En vérité, lorsque je regardais Aurora, après tout ce qu'elle m'avait dit au sujet de Paula, c'était comme si elle était une route qui menait hors de la prison, à travers les rues de Mexico, jusqu'à l'autoroute noire et jusque chez moi.

Aurora a fini ce qui restait du café, a posé le gobelet vide par terre, puis elle a pris ma main. Bien qu'elle fût plus âgée que moi, elle était comme une gamine. Sa main avait la taille de celle d'une enfant de sept ans. Je l'ai tenue comme si j'allais l'aider à traverser la rue.

Aurora a continué à parler comme si notre conversation de la veille n'avait pas été interrompue par un de ses brusques sommeils épuisés. Un sommeil empoisonné.

— On n'arrivait pas à croire que Paula avait pu s'enfuir, a dit Aurora. Il la retrouverait. Elle le savait. Elle savait très bien qu'il la retrouverait un jour.

— Je ne crois pas qu'il l'ait retrouvée, ai-je répondu. Paula et sa mère ont disparu. Elles sont parties. Elles se cachent quelque part, mais personne ne sait où.

Aurora a retiré sa main de la mienne et s'est tenu le ventre, comme si elle avait mal.

— Tu ne comprends pas, a-t-elle dit.

— Quoi ?

— J'ai mal au ventre. J'ai mal à la tête.

— Est-ce qu'il y a un docteur ici ?

— Le lundi seulement. Je ne veux pas le voir. Il ne voudra peut-être plus que je fasse les fumigations. Et alors, comment je ferai pour gagner de l'argent ?

— Ça te rend malade.

— Ça me fait rêver et dormir. Mais tu ne comprends pas, a-t-elle dit de nouveau. Ladydi, tu ne comprends pas.

— Quoi ?

Aurora s'est mise à se balancer d'avant en arrière en se tenant le ventre. Ses yeux se révulsaient, j'en voyais le blanc.

— Écoute, a-t-elle chuchoté. Écoute, a-t-elle chuchoté encore. Quand tu as tué McClane, pourquoi est-ce que tu as tué la petite fille de Paula aussi ?

— Désolée, je ne comprends pas. Quoi ?

— Quand tu as tué McClane, quand tu as tué Juan Rey Ramos, tu sais ? Qu'est-ce qui t'est passé par la tête ? Quand tu as tué McClane, pourquoi est-ce que tu as tué la fille de Paula aussi ? Pourquoi ?

Ses mots sont restés immobiles dans l'air comme s'ils avaient mijoté avec le poison qui entrait et sortait de ses poumons. J'aurais presque pu tendre la main et les saisir, et les effriter dans ma main comme des feuilles sèches. Je sentais le goût du poison dans ma bouche.

— Quand tu as tué McClane, pourquoi tu as tué la fille de Paula avec ? Pourquoi ?

J'avais vu les robes qui séchaient sur le cactus. J'avais imaginé les bras d'une petite fille, minces comme des brindilles, sortant des manches. Les robes étaient presque sèches et se soulevaient dans l'air chaud. Sur le sol, près du cactus, se trouvaient un seau d'enfant et un petit balai.

— Quand tu as tué McClane, pourquoi tu as tué la petite fille de Paula avec ? Pourquoi ?

Le sang pouvait avoir le parfum des roses.

— Quand tu as tué McClane, pourquoi tu as tué la petite de Paula aussi ? Pourquoi ?

J'ai fermé les yeux et j'ai adressé une prière à la radio. J'ai adressé une prière à la chanson qui passait à la radio, celle que j'écoutais encore et encore à Acapulco. Je l'écoutais quand je nettoyais la maison. Je l'entendais à la plage. Dans le bateau à fond de verre. Je l'entendais. Je l'entendais. J'entendais la ballade des narcos pour Juan Rey Ramos :

Même mort, il est le plus puissant
Même mort, il est le plus puissant
Le fusil qui l'a tué a tué aussi l'enfant
Vous verrez leurs esprits en vie, pâles et nacrés
Main dans la main sur la grande route
Main dans la main sur la grande route
Gardez vos prières pour Dieu, taisez-vous
C'est la chanson de l'homme et de l'enfant massacrés.

25

Le dimanche matin, la plupart des détenues se réveillaient tôt afin de se préparer pour le jour des visites. Les femmes se peignaient les ongles, se faisaient des chignons ou des nattes, ou se lissaient les cheveux avec de grands rouleaux qu'elles avaient portés toute la nuit. Même celles qui n'avaient jamais de visites se faisaient belles pour le cas où.

Ce que toutes savaient, c'est que la file de visiteurs qui attendaient pour entrer dans la prison des femmes était courte. Celle des visiteurs qui voulaient entrer dans la prison des hommes était bien plus longue et descendait la rue sur au moins dix pâtés de maisons. Parvenir à entrer chez les hommes pouvait leur prendre des heures.

C'était Luna qui m'avait expliqué ça.

— Ça se passe de commentaire, a-t-elle dit. Personne ne vient voir les femmes. Tout le monde rend visite aux hommes. Qu'est-ce qu'on a besoin de savoir de plus sur la marche du monde ?

Les règles dans la prison des femmes obligeaient les visiteurs à entrer les premiers dans la cour. Puis, une demi-heure plus tard, les détenues avaient le droit d'y aller.

À onze heures, nous avons fait la queue dans le couloir qui menait à la cour. J'étais serrée entre Luna et Georgia, nous étions l'une derrière l'autre, en file indienne. Georgia avait un gros morceau de chewing-gum dans la bouche et je l'entendais claquer entre ses lèvres.

— Il ne t'en resterait pas un petit bout ? ai-je demandé.

Je ne m'étais pas brossé les dents depuis mon arrivée.

Georgia a sorti un morceau de chewing-gum rose de sa poche de jean et me l'a donné.

— Merci.

— Accroche-toi bien à tes prières pour ne pas les perdre, a-t-elle dit. Toutes les religions connues se donnent rendez-vous ici le dimanche, et elles voudront te les piquer.

Dehors, la cour avait été totalement transformée. On aurait dit une fête foraine. Tout le monde était habillé de rouge et de jaune. Les visiteurs n'avaient pas le droit de porter du bleu ou du beige de peur qu'on les confonde avec une détenue.

L'espace était rempli de gens qui portaient des paniers de nourriture et des cadeaux enveloppés dans des papiers aux couleurs vives. D'un côté se tenaient quatre religieuses en blanc sur un banc. De nombreux enfants couraient partout. Je m'attendais presque à voir un vendeur de ballons ou de barbes à papa apparaître à tout moment.

Passant en revue les teintes tristes des prisonnières et les couleurs vives des visiteurs, j'ai cherché ma mère.

Je ne l'ai pas vue.

Elle n'était pas venue.

Et soudain, j'ai vu mon père qui s'avançait vers moi.

J'ai marché à sa rencontre à travers la jungle.

Les iguanes se sont enfuis à mon approche tandis que j'avançais sous les papayers et déchirais des toiles d'araignée qui pendaient en travers de mon chemin.

Je sentais le parfum des fleurs d'oranger autour de moi.

Mais ce n'était pas mon père.

Maria a ouvert les bras et j'ai vu la vilaine cicatrice et l'énorme morceau de chair manquant, là où ma mère l'avait touchée. Je distinguais aussi la légère marque sur sa lèvre supérieure, laissée par l'opération de son bec-de-lièvre.

J'ai marché jusque dans son étreinte. Elle m'a embrassée sur la joue.

Pour la première fois de ma vie, j'ai pensé : Merci, Papa. Merci, papa. Merci d'avoir baisé à droite et à gauche et de m'avoir donné Maria.

J'ai pris la main de Maria et je l'ai entraînée à l'écart, d'un côté du patio. Tous les bancs étaient pris, alors nous nous sommes assises sur le sol en béton, le dos contre le mur qui nous séparait de la prison des hommes. Je voyais Luna assise avec les religieuses. Georgia et Violeta discutaient avec une femme habillée d'un ensemble de bureau gris. Je ne voyais Aurora nulle part.

— Au moins, tu es en sécurité, ici, a dit Maria.

Maria m'a raconté que sa mère était morte. Elle avait dû se cacher dans le trou et elle avait entendu un groupe d'hommes tirer à la mitraillette sur sa maison et dans le corps de sa mère.

— C'est le trou qui m'a sauvée. Imagine ça, a dit Maria. Le trou a sauvé quelqu'un.

— Il m'a sauvée moi aussi, une fois.

— Les arbres et l'herbe étaient couverts de son sang. Je savais si je regardais en l'air que le ciel serait lui aussi plein de son sang. Je sais que la lune est couverte de son sang. Elle le sera toujours, maintenant.

J'ai caressé les cheveux de Maria en faisant de longs gestes, depuis le sommet de sa tête jusqu'à son cou. Elle a frissonné.

— Je n'ai pas osé sortir du trou pendant des jours, a-t-elle dit. Je regardais le ciel et je voyais les vautours.

— Oui.

— J'entendais les fourmis qui se déplaçaient.

— Oui.

— Après quatre jours, j'avais si soif que je ne pouvais plus pleurer.

— Oui, je sais.

— J'étais si seule.

— Oui.

— J'ai entendu un homme dire : Soyez reconnaissante qu'on vous tue. Ça pourrait être pire.

— Oui.

— Ma mère savait que j'étais dans le trou. Tuez-moi, elle a dit.

— Oui, tu peux continuer à tout me raconter. Continue, ai-je dit.

— Je suis restée dans ce trou pendant des jours. Chaque fois que je regardais le ciel, il était couvert de sang.

— Et après, qu'est-ce que tu as fait ?

— J'ai couru jusqu'à la maison de ta mère. Je n'avais nulle part où aller. Qu'est-ce que j'aurais pu faire d'autre ? Elle s'est occupée de moi et m'a laissée dormir dans ton lit.

J'ai entouré Maria de mes bras.

— Le sol, ici, est si froid.

— Oui, ici, même le soleil est froid.

Tandis que nous étions assises sur le béton dans le soleil chiche, du verre a commencé à tomber du ciel. De la poussière de verre est tombée des étoiles.

Tout le monde dans la cour a levé les yeux et regardé les nuages.

Tout était silencieux.

Les éclats tombaient et les enfants tendaient les mains pour attraper la poussière. Les cristaux scintillaient. Le sol et toutes les surfaces se couvraient d'une neige de verre.

Le Popocatepetl venait de cracher son nuage de poussière sur notre prison.

26

L'un des gardiens-chefs est venu dans la cour dire aux visiteurs qu'ils devaient partir et aux détenues qu'il fallait revenir à l'intérieur. Les cendres volcaniques étaient constituées de microscopiques éclats qui pouvaient vous déchirer les poumons et les yeux.

Maria et moi nous sommes levées. Nos cheveux noirs étaient devenus couleur de cendre.

— Tu savais que Paula avait eu un bébé ? C'était celui de McClane.

— Non.

— Mike a tué l'enfant de Paula. J'étais avec lui ce jour-là. Et il a tué McClane aussi.

Maria a mis ses mains devant sa bouche. C'était le geste qu'elle faisait autrefois pour cacher son bec-de-lièvre. Même après l'opération, elle avait continué de cacher son visage déchiré.

— Ils vont nous retrouver, a-t-elle dit à travers la barrière de ses doigts.

Elle a commencé à trembler.

— Je suis restée dans la voiture de Mike, ai-je dit. Je n'en savais rien. Je n'étais pas là quand ça s'est passé.

— Est-ce que tu as vu la petite fille ?

— J'ai vu ses robes. Où est ma mère ?

— Elle est ici. Elle a rempli tous les papiers. Tu n'as pas dix-huit ans. Alors on n'a pas le droit de te garder ici.

— Ils me mettront dans une prison pour mineurs pendant un an et après je reviendrai ici. On m'a tout expliqué. Je sais comment ça marche, Maria.

— Tu sors demain. Ta mère ne voulait pas voir son bébé en prison comme un oiseau de la jungle, ou un perroquet en cage. C'est ce qu'elle a dit. Ce sont ses mots.

— Où est-elle ?

— À l'hôtel. Elle m'a demandé de te dire que l'amour n'est pas un sentiment, mais un sacrifice.

— Oui.

— On se voit demain.

— Oui.

— Fais-toi discrète. Fais en sorte de ne pas avoir d'ennuis. Marche à l'ombre.

— Au revoir.

— Tiens, voilà du savon.

— Tu peux me donner quelque chose ?

— Quoi ?

— Donne-moi tes boucles d'oreilles.

Maria portait des perles en plastique. Elle ne m'a pas demandé pourquoi je les voulais, ce que j'ai aimé. Elle avait toujours été comme ça. Elle ne demandait jamais pourquoi. Maria partait du principe que vous saviez ce que vous faisiez.

Elle a retiré ses boucles d'oreilles et les a mises dans ma paume.

— À demain, a-t-elle dit.

Elle s'est levée et je l'ai regardée traverser la foule des voleuses et des tueuses, jusqu'à la sortie.

Elle a marché dans la neige de verre.

Cette nuit-là, j'ai donné les boucles d'oreilles à Luna.

— Merci, a dit Luna. Ne cherche pas le pourquoi du comment de ce qui t'est arrivé ici. N'essaie pas de comprendre.

27

— Les dieux étaient encore plus en colère que nous ne l'aurions cru, a dit ma mère.

Ce sont les premiers mots qu'elle a prononcés. Elle n'attendait pas de réponse.

Une fois sortie de la prison, j'ai marché dans un paysage où il n'y avait pas un arbre, pas une fleur. C'était un paysage de vêtements abandonnés, comme si la terre s'était métamorphosée en tissu. J'ai marché sur les habits beiges et bleus que les détenues avaient enlevés et laissés derrière elles dans la rue.

Les cendres du volcan recouvraient encore le sol et nos pas ont laissé des empreintes dans la poudre de verre.

Ma mère m'a tendu un pull rouge. J'ai jeté par terre le sweat-shirt usé que Luna m'avait donné, et il est devenu partie intégrante du patchwork beige et bleu.

Près du parking de la prison, un taxi, appelé par ma mère, nous attendait. Maria était dedans. Nous nous sommes assises à l'arrière, à côté d'elle. Je me suis glissée entre elles deux. Maria a mis son bras autour de mes épaules.

— Nous allons au terminal des cars de la gare du Sud, a dit ma mère au chauffeur.

— Enlève ces tongs, a-t-elle dit aussi.

Elle a sorti une paire de tennis de son sac, s'est penchée et m'a retiré mes sandales, comme si j'étais une petite fille. Puis elle a jeté les tongs par la fenêtre, comme des papiers de bonbons.

— Où est-ce qu'on va, Mama ?

— Je vais laver toutes les assiettes des États-Unis, a dit ma mère.

— On ne va pas s'attarder ici, a dit Maria. Tu as un rendez-vous cette après-midi avec les services sociaux et ils te mettront probablement dans un centre pour mineurs délinquants.

— Et dès que tu auras dix-huit ans, ils te remettront dans cette cage pour gibier de potence, a ajouté ma mère.

J'ai repensé à ce que Luna disait au sujet des immigrants qui vont aux États-Unis. Je nous voyais, ma mère, Maria et moi, traverser la rivière à la nage.

— Merde, pense à *La Mélodie du bonheur* ! a dit ma mère. Ce sera comme ça.

— Oui, a dit Maria.

— Nous allons aux USA et je vais faire la vaisselle. Je vais laver toutes ces assiettes, avec tout ce jus de steak et ces restes de gâteaux dessus. Toi, tu seras une nounou pour une famille. Toi et Maria vous serez des nounous. Et on ne dira jamais à personne d'où on vient.

— Oui, a dit Maria.

— Vous savez pourquoi ?

— Pourquoi ? ai-je demandé.

— Pourquoi on ne dira jamais à personne d'où on vient ? C'est simple, a dit ma mère. Très simple. Parce que personne ne nous le demandera jamais.

— Mama, ai-je dit, j'ai quelque chose pour toi. J'ai volé quelque chose pour toi.

J'ai ouvert ma main et retiré la bague en diamant, et je la lui ai donnée. Elle l'a contemplée sans dire un mot. Elle l'a mise à son doigt.

— Grâce à toi, je suis folle de cette main, a-t-elle dit.

— Elle est vraiment très belle, a dit Maria.

— Quelqu'un a jeté un filet sur ce pays, et nous, nous sommes tombées dedans, a dit ma mère.

Tandis que nous traversions les rues de la ville, dans la circulation et les vapeurs de diesel des gros camions, je l'ai observée. Elle fixait la bague et caressait le diamant du bout du doigt.

Le long des avenues, les balayeurs, la bouche couverte de leur mouchoir, nettoyaient les cendres. Ils les balayaient et les mettaient dans de gros sacs-poubelles noirs. Les sacs étaient empilés comme des gros rochers à chaque coin de rue.

— Il faut que je vous dise quelque chose, ai-je annoncé. Il y a cinq personnes dans ce taxi.

J'ai montré mon ventre.

— Il y a un bébé, là-dedans.

Ma mère n'a pas cillé. Elle n'a ni respiré, ni fait le moindre mouvement. Puis elle a déposé un baiser sur ma joue. Maria m'a embrassée sur l'autre joue.

Elles m'embrassaient, mais ce n'était pas moi qu'elles embrassaient.

Elles embrassaient déjà mon enfant.

— Prions juste pour que ce soit un garçon, a dit ma mère.

Remerciements

Prières pour celles qui furent volées a été écrit grâce à une bourse du National Endowment for the Arts (NEA) pour la fiction, et grâce au soutien du Sistema Nacional de Creadores de Arte du Mexique (FONCA).

Mise en pages par Meta-systems
59100 Roubaix

Cet ouvrage a été achevé d'imprimer en mai 2014
sur les presses de Normandie Roto Impression s.a.s.
61250 Lonrai
N° d'impression : 1402160
N° d'édition : L.01ELHN000334.N001
Dépôt légal : août 2014

Imprimé en France